Annabel Gräfin von Arnim

Lebensfarben
Erzählungen

Mercator

Fotos zum Kapitel „Gedanken an Christa": Friedhelm Dahlhoff
Foto der Autorin: Katharina von Hake
Alle anderen Fotos: Privatbesitz
Layout: punktgenau GmbH
Umschlag: Heike Markwitz
Lektorat: Susanne Schulten, Susanne Nagels

Bibliografische Information der Deutschen Bibliothek
Die Deutsche Bibliothek verzeichnet diese Publikation in der Deutschen Nationalbibliografie; detaillierte bibliografische Daten sind im Internet über http://dnb.ddb.de abrufbar.

© Copyright 2011 by GERT WOHLFARTH GmbH
Verlag Fachtechnik + Mercator-Verlag, Duisburg
www.mercator-verlag.de

Druck: Offizin Andersen Nexö, Leipzig

ISBN 978-3-87463-488-5

Inhalt

Über die Generationenfolge 6

Gedanken an Christa. 12

Die Heimkehr 25

Ein polnisches Märchen 39

Geschichte einer Freundschaft 60

Sturm und Drang 71

Blaulicht 93

Der wilde Kirschbaum 117

Die alte Scheune 154

Über die Generationenfolge

Es wird Zeit für mich, wieder zu schreiben. Jahre sind vergangen, seit ich meinen ersten Band mit Erinnerungen vorgelegt habe – „Die Farbe der Erde". Vieles ist seitdem geschehen. Allem voran der Generationenwechsel auf unserem Thelenhof, von dem ich einleitend berichten möchte.

Denn vor zweieinhalb Jahren haben mein Mann und ich uns aufs Altenteil zurückgezogen. Ein ganz natürlicher, hochwillkommener Prozess auf einem landwirtschaftlichen Betrieb. Stellt er doch sicher, dass es mit dem geliebten Hof weitergeht, dass er auch in der Folgegeneration in der Familie bleibt. Es besteht Grund zu großer Dankbarkeit. Angesichts der vielen Höfe rundum, die keinen Nachfolger haben, weil die Jugend lieber Berufe in der Stadt ergreift, und die – aufgeteilt, verpachtet, stillgelegt – vor sich hinsiechen, ist jeder Hof, auf dem es weitergeht und der zukunftsorientiert bewirtschaftet wird, auf dem eine junge Familie lebt und kleine Kinder spielen, ein Geschenk Gottes.

Und so ist es auch bei uns auf dem Thelenhof. Elisabeth, das mittlere meiner drei Kinder, packt ihre Aufgabe mit der ihr eigenen Energie, mit Klugheit und viel Tatendrang an, während ihr Mann einen guten Job hat und täglich 300 Kilometer pendelt. In weniger als drei Jahren wurden drei Kinder geboren. Ihre Stimmen und das Leben, das sie mit sich bringen, begleiten uns durch die Tage. Welch ein Grund, sich zu freuen!

Warum aber hört man nur von Konflikten zwischen Jung und Alt, ob in der Nähe oder der Ferne? Warum können die Alten sich so schwer damit abfinden, dass sie nicht mehr gefragt werden? Warum machen sie den Jungen das Leben so schwer? Ich glaube, die Antwort zu kennen: Weil alles so plötzlich kommt.

Der Thelenhof in den 2000er Jahren

Keiner von uns Alten ahnt doch während seines langen aktiven Wirkens, was da auf ihn zukommt. 40, 50 Jahre lang haben wir für unsere Höfe gerackert, von ihnen gelebt, sie geliebt und in die Zukunft geführt. Dann freuten wir uns auf unser Altenteil. Das wurde lange im Voraus geplant, ein Haus wurde gebaut oder eine Wohnung ausgebaut – wie auch in unserem Fall. Man hat überlegt, welche Möbel man mitnehmen und was man dalassen soll, man hat auch darüber nachgedacht, was man dann mit seiner vielen Zeit anfangen möchte. Doch keiner von uns ahnte, dass damit das Schwerste noch bevorstand: das Loslassen.

Und dann kommt der Tag der Übergabe. Von heute auf morgen ist endgültig Schluss, unsere Pläne sind nichtig, veraltet, unser Rat ist nicht länger gefragt. Uns überfällt plötzlich und unvorhergesehen ein Gefühl von Ratlosigkeit, Leere, Traurigkeit. Und damit wollen wir Alten uns nicht abfinden. Wir geben weiterhin Ratschläge, erinnern, ermahnen – wir nehmen uns nicht genügend zurück. Die

Jugend kommt bestens ausgebildet und voller Elan und Ideen auf die Höfe und will sogleich ans Werk gehen.

Und damit beginnt das Dilemma: Wir Alten bremsen sie, kritteln herum. Vieles, was die Jungen in die Tat umsetzen wollen, ist für uns ein Schock. Wir glauben, dass der Betrieb, so wie wir ihn übergeben haben, auch noch gut genug für die nächsten 50 Jahre aufgestellt ist. Dabei haben wir selbst doch auch alles verändert, uns immer wieder der Zeit angepasst. Wenn wir sie doch einfach machen lassen würden! Der Betrieb gehört uns doch nicht mehr, das Haus auch nicht, die Jungen tragen nun die Verantwortung. Wir sollten uns glücklich schätzen, dass wir ein schönes Altenteil bewohnen dürfen in unserer vertrauten Umgebung, und dass rundum für uns gesorgt ist.

Warum ich dies alles schreibe? Weil ich es mir immer wieder einrede und weil es die Wahrheit ist.

Mein Mann und ich haben den Generationenwechsel genauso erlebt wie alle anderen Familien auf ihren Höfen: Alles hatten wir gut geplant, und als wir dann in unserer frisch renovierten Altenteilwohnung im Obergeschoss des alten Bauernhauses saßen, glücklich über die schöne Einrichtung, die wir von „unten" mitgenommen hatten, und glücklich über den herrlichen Ausblick rundum aus den Fenstern und auch von unserem neuen Balkon – da ging der Kummer auch schon los. Das Verrückte war: Dieser Kummer war völlig unsinnig. Die Räume, die Elisabeth und ihr Mann nun bis auf das grobe Mauerwerk demontierten, waren ja nicht mehr die Räume meiner Eltern.

Diese Zimmer, die wir 33 Jahre lang, und zwar seit dem Tod meines Vaters, unverändert gelassen hatten, in denen der Geist der Eltern lebendig geblieben und geehrt worden war, diese Räume, die wir so liebten, wie sie waren – sie gab es ja nicht mehr, seit wir viele Möbel mit nach „oben" genommen hatten. Elisabeth wollte von Grund auf sanieren, trockenlegen, atmungsaktiven Putz auftragen. Wie richtig und gut das war, wussten wir, und doch tat es uns so weh. Der Bagger, der im Garten sein Unwesen trieb, einen Meter breit an der Hauswand entlang baggerte und die üppigen Blumenbeete verwüstete – wie haben wir ihn gehasst! Obwohl uns klar war, dass die Trockenlegung des Fundaments eine gute Maßnahme war, trauerten wir um unseren geliebten verwunschenen Garten.

Als dann aber mein „Gemüsegarten" – der längst ein halbverwildertes Sommerblumen- und Kräuterparadies geworden war und mir buchstäblich über den Kopf wuchs – gerodet wurde und sich zusammen mit einem Teil des Staudengartens und dem Hinterhof, den wir auch längst nicht mehr brauchten, in eine große Rasenfläche verwandelte, hatte sich unser schon ein gewisser Fatalismus bemächtigt.

Wir stellten fest, dass dies eine segensreiche Reaktion war, die uns schützte vor Traurigkeit und Resignation. Man sah die Dinge nicht mehr so eng. Was wir jedoch vermissten, war Traditionsbewusstsein. Wir machten uns nicht klar, dass es sorgfältig dosiert sein muss, damit man auch in Zukunft bestehen kann.

Elisabeth und Maximilian mit ihrem ersten Kind, 2005

Der verschneite Hof

Wir Alten müssen unablässig an uns arbeiten! Es liegt in unserer Natur, dass wir erhalten und bewahren wollen, was wir geschaffen haben und auf das wir stolz sind. Jedoch geht es immer vorwärts, Stillstand darf es nicht geben. Ja, arbeiten müssen wir an uns, und das haben wir getan. Und siehe da, plötzlich wird alles ganz leicht, die Veränderungen tun nicht mehr weh, und sie anzunehmen, fällt uns nicht länger schwer. Ja, wir sind jetzt stolz und glücklich über alles, was die junge Generation schon geschaffen hat, wir bewundern es, wir finden es schön. Man muss loslassen können! Lieben heißt auch Loslassen.

So ging es auch meinem Exmann. Er hat unserer ältesten Tochter Adelheid den schönen Betrieb an der Ostsee übergeben, den sie zusammen mit ihrem Mann fleißig und gut bewirtschaftet. Er hatte ähnliche Probleme wie wir – solche, wie sie auf allen Betrieben bei der Hofübergabe vorkommen. Es ist ihm schwergefallen. Doch heute ist er zufrieden und freut sich an den fleißigen Kindern, seinen vier Enkelkindern und an dem Leben auf dem Hof. Georg, unser Jüngster, der als Hoferbe erzogen und ausgebildet worden war, hat sich ganz zurückgezogen. Er baut sich in Südeuropa ein naturnahes „Öko-Leben" auf. Auch er musste früh lernen, seinen elterlichen Hof loszulassen.

Und Elisabeth erwartet ihr viertes Kind. Möge Gott seine schützende Hand über die junge Familie und über unseren Thelenhof halten, und möge Er uns Alten immerfort klarmachen, dass wir entbehrlich sind!

Es gibt nun Zeit genug, anderes zu tun – Schreiben zum Beispiel. So vieles möchte ich noch erzählen: Geschichten von Menschen vor allem, Menschen, die uns nahestehen, die wir erleben, mit denen wir leben durften. Aber auch vom Thelenhof möchte ich schreiben, von Menschen, die hier ein- und ausgingen, und von den großen Veränderungen des letzten Jahrhunderts – Veränderungen, die auch dieser lebendige Hof jeden Tag aufs Neue widerspiegelt.

Annabel de Beauregard, geb. Gräfin v. Arnim,
im November 2010

Gedanken an Christa

Vor einigen Tagen kam eine alte Freundin von mir zu Besuch – Christa Struckmann. Eigentlich hatten wir alle gar keine Zeit. Aber sie kam so spät abends und brach am nächsten Morgen so zeitig auf, dass ihr Besuch den normalen Tagesablauf gar nicht touchierte. Wir haben auch nicht mehr stundenlang miteinander gesprochen, dazu war es zu spät. Wir redeten vor allem so gut wie gar nicht über das, was uns in den letzten zwei Jahren so sehr bewegt hatte. Stattdessen haben wir gelacht und gescherzt, wie es auch Christa als echte Niederrheinerin einfach im Blut hat. Lachen und Scherzen selbst in den bedrückendsten, schwersten Lebenslagen – das ist wunderbar!

Erst am Morgen beim Frühstück ließen wir kurz anklingen, was uns so schwer auf der Seele lag, nur kurz und knapp. Wozu auch lange reden, die Lage war klar. Und dann schenkte sie mir beim Abschied ein Lachen, das sich mir tief ins Herz gegraben hat. Wir haben uns einen vielsagenden, vielwissenden Blick zugeworfen, und dann lachte sie auf, so herzlich, so befreiend – ich hätte sie dafür umarmen können! Es war dieses Lachen, das ich so gut an ihr kenne, das sie schon so manches Mal gerettet hat aus schweren oder sogar tieftraurigen Lebenslagen. Christa hat mir dieses Lachen geschenkt und damit auch meine Seele befreit.

Ich möchte ihr dafür danken, dass es sie gibt und dass sie meine Freundin ist. Normalerweise verlieren wir nicht viele Worte und verstehen uns trotzdem. Dennoch möchte ich einmal aufschreiben, wie es ihr ergangen ist – in der Hoffnung, anderen Menschen, die vielleicht Ähnliches noch vor sich haben, helfen zu können. Damit auch sie, wie Christa, herzlich darüber lachen können.

Wir beide kennen uns schon seit Jungmädchentagen. Christa van de Kamp aus Huisberden war eine fröhliche niederrheinische Bauerntochter und auf den vielen Reiterbällen immer von einem Schwarm Jungs umgeben. Im Grunde haben wir nie ein Wort gewechselt, uns nur manchmal zugeprostet, bis – ja, bis Christa Hemme kennenlernte, Hans-Hemme Struckmann, den besten Freund meines Verlobten Jörg Platen. Beide kamen aus Ostholstein, beide studierten in Soest Agrarwissenschaften, und gemeinsam kamen sie jedes Wochenende zu uns an den Niederrhein gefahren, nachdem Christa und Hemme sich begegnet waren und der Blitz zwischen ihnen eingeschlagen hatte.

Wir starteten viele gemeinsame Unternehmungen an den Wochenenden, und Hemme half uns bei der Heu- oder Strohernte auf dem Thelenhof, während Christa als Krankenschwester Wochenenddienst hatte. Ja, wir wuchsen zusammen damals. Unsere gemeinsamen Fahrten nach Holstein, zu den Elternhäusern von Hemme und Jörg – unseren zukünftigen Wirkungsstätten – bestritten wir stets mit lautem Singen aller Volkslieder, die wir kannten. Wir waren unbeschwert; die gemeinsame Zukunft stand uns offen. Christas elterlicher Hof war seit dem Tod ihres Vaters nicht mehr in der Familie, doch ihre Mutter führte ein gastfreies und fröhliches Haus. In ihrer warmherzigen und mütterlichen Art verwöhnte sie uns immer, wenn wir mit Christa bei ihr waren.

Doch dann schlug das Schicksal brutal zu: Plötzlich starb Christas Mutter, zusammen mit Christas jüngerem Bruder. Unfassbar! Eine gigantische Beerdigung – und dann war Christas Zuhause ausgelöscht. Das Haus ihrer Mutter wurde verkauft, und sie ging mit Hemme nach Holstein, nach Gelting, wo er nach seinem Studium noch zwei praktische Jahre absolvierte, bevor er Gaarz übernehmen sollte, den väterlichen Besitz.

Wie unendlich traurig muss Christa gewesen sein! Sie hatte nicht nur ihre Mutter und ihren Bruder verloren, sie hatte auch ihr Elternhaus verloren und ihre Heimat dazu. Damals entstand ihre endgültige, unverbrüchliche Bindung an Hemme, er wurde ihr Ein

Die Gaarzer Hofanlage in den 1990er Jahren

und Alles. Und als ihrer beider Leben auf Gaarz begann, dem wunderschönen alten Landgut der Familie Struckmann, stand für sie fest: Dort würde fortan ihre Wirkungsstätte sein, dort würde sie sich zusammen mit Hemme in die Arbeit stürzen, ihre ganze Kraft investieren. Und beide würden Gaarz lieben, mit jedem Tag mehr.

Christas Schwiegervater war noch fit, er bewohnte mit seiner jungen Frau das Gutshaus. Selbstverständlich zogen die Jungen in das kleinere der Kavalierhäuser, sie waren ja noch zu zweit. Doch nicht mehr lange: Rixa wurde geboren, dann Birthe. Und schon bald krabbelten sie zwischen all den vielen Menschen im Obsthaus herum, wenn Christa während der Sauerkirschernte dort Kirschen verkaufte, und sie stopften sich voll mit den saftigen Früchten. Die Kerne fand Christa in den Windeln wieder, wie sie lachend erzählte.

Es gab so viel Arbeit bei Struckmanns! Die Kirschernte, die Apfelernte. Immer war Gaarz voller Menschen, den Pflückern, den Obstkäufern. Und auch schon voller Urlauber, denn einige einfache Ferienwohnungen in ehemaligen Hühnerställen hatte Christa übernommen. Daraus sollte in den folgenden Jahren der lukrativste

Wirtschaftszweig werden. Doch erst einmal wurde Eberhardt geboren, der Sohn. Wie schön, ein Sohn! Die Erbfolge auf Gaarz war gesichert. So dachten wir noch.

Die beiden waren voller Energie und Tatendrang, und sie waren jung. Hemme nutzte jede Stunde, die er in der Landwirtschaft nicht gefordert war, um wieder ein Gebäude auszubauen, und so entstanden nach und nach in Arbeiterhäusern und ehemaligen Ställen weitere komfortable Ferienwohnungen. Dazu renovierten die beiden den urigen alten Fachwerk-Speicher als Aufenthalts- und Festraum. Und es wimmelte mehr denn je von Menschen auf Gaarz!

Christas Schwiegervater erkrankte schwer; selbstverständlich pflegte sie ihn daheim bis zum bitteren Ende, schließlich war sie Krankenschwester aus Passion. Als er gestorben war, zog seine junge Frau, die nicht Hemmes Mutter war, fort, und das große Gutshaus wurde frei. Nun begann die Restaurierung – welch eine Aufgabe! Unterstützt vom Denkmalschutz, ließen die „Struckis" es im ursprünglichen Zustand wiederauferstehen, mit seinen großen, eleganten Räumen, den Fresken aus dem Rokoko und den barocken Malereien in der „Bunten Kammer". Eine Schar polnischer Restauratoren, selbstverständlich von Christa bekocht und untergebracht, machte sich ans Werk. Und dann war es endlich ihr Haus, das Zuhause, das Hemme und Christa sich geschaffen hatten und das sie von einer guten Apfelernte bezahlen konnten. Sie waren zu Recht riesig stolz, und wir waren stolz auf sie.

Aber die Zeit, in der sie für Hemmes Geschwister arbeiten mussten, war noch lange nicht um. Zehn Jahre lang mussten sie den Hauptteil ihres erwirtschafteten Verdienstes weitergeben, dann endlich war die Schuld getilgt. Große Freude! Ab da investierten sie doppelt und dreifach in Gaarz, in immer neue Ferienwohnungen, schließlich auch im Obsthaus, denn die Obstwirtschaft lohnte sich durch neue EU-Verordnungen nicht mehr. Und sie gestalteten ihren Hof zur Freude der Feriengäste – mit Gartenanlagen, Minigolf, Streichelzoo und Ponyherde.

Christa und Hemme vor ihrer Haustür, um 2000

Hemme demontierte im Kreis Pinneberg eine Getreidetrocknung, fuhr die Teile quer durch Holstein und montierte sie im ehemaligen Kuhhaus in Gaarz wieder zusammen. Die „Struckis" waren so fleißig! Manchmal, wenn wir abends nach Gaarz kamen, kletterte Hemme zum Beispiel gerade erst vom Mähdrescher – er hatte den ganzen Tag Raps gedroschen, der schon ordentlich schwarz war vom vielen Regen, und er hatte in einer dicken Staubwolke gesessen; Kabinen mit Klimaanlagen wie heute gab es noch nicht. Sein rotblonder Haarschopf, seine Nase, seine Ohren, alles war schwarz vor Staub, aber seine blauen Augen funkelten, und er lachte. Ich hätte ihn knuddeln können in solchen Momenten.

Was waren sie doch für eine großartige Familie, die „Struckis". Immer umgeben von Liebe und Strenge, wuchsen ihre Kinder zu bescheidenen, fleißigen Menschen heran. Dieses Familienleben habe ich immer sehr bewundert: Hemme als stets fröhlicher, kameradschaftlicher Mittelpunkt, der mit seinen Kindern alles nur Denkbare unternahm, der mit ihnen scherzte und lachte, der sie aber auch forderte. Stets waren die Struckmann-Kinder bereit, ihre Eltern zu unterstützen bis zum Umfallen, die Nächte durchzuarbeiten so wie sie, als Dank für die Liebe, die diese ihnen schenkten.

Da gab es die wunderschönen Hochzeitsfeste, die die Eltern den Töchtern ausrichteten in der eigens dafür umgestalteten großen Scheune, da waren die Ständchen von Hemme und den Geschwistern, auf verschiedenen Hörnern geblasen, beim Eintreffen der Hochzeitskutsche auf Gaarz: „Lobe den Herrn!" Ich werde das alles nie vergessen. Immerzu fühlte man, was für eine phantastische Familie sie waren. Und stets führten sie ein offenes Haus. Ununterbrochen waren sie umgeben von Menschen, Freunden, Sommergästen, Verwandtschaft. Immer wurde gut gekocht und reichlich ausgeschenkt, immerzu herrschte Fröhlichkeit. Manch einer ihrer „Freunde" nutzte das ziemlich aus, nistete sich bei ihnen ein, doch ihre Gastfreundschaft stand weit über diesen Auswüchsen.

Christa konnte gar nicht leben, ohne sich liebevoll auch um alte Menschen zu kümmern. Und so wurde „Teta" ständiger Gast im Haus – Tante Elisabeth, die Schwester des verstorbenen Vaters. Und schließlich zog sie ganz nach Gaarz. Mit ihr zusammen pflegten sie die Hausmusik. Weihnachten durften wir immer dazukommen und erleben, wie sehr es beglückt, gemeinsam zu singen. Birthe am Flügel, Rixa mit dem Schifferklavier, Hemme und Eberhardt mit verschiedenen Hörnern – welch schöne Erinnerungen! Teta wurde uralt, und Christa hat die Pflege und die Sorge um sie stets als Bereicherung empfunden. Als Teta starb, ging auch ein Stück von Christa.

Gaarz florierte. Die Ferienwohnungen liefen überdurchschnittlich gut, 220 Tage im Jahr waren sie ausgebucht, und das dank des immerwährenden fröhlichen Einsatzes, der Gastfreundschaft und des Fleißes der Struckmanns. Auch der landwirtschaftliche Betrieb

Christa tranchiert Spanferkel beim Gästeabend (im Vordergrund Tochter Birthe, um 2000).

lief wie ein Uhrwerk und lieferte beste Ergebnisse. Dann öffnete sich plötzlich der deutsche Osten, und sofort griff Hemme zu, pachtete in Mecklenburg-Vorpommern große Ackerflächen. Und zusammen erkämpften sich die beiden einen Campingplatz auf Rügen.

So wirtschafteten sie noch einige Jahre fleißiger denn je, aber dann wurde Hemme herzkrank. Er hatte ja immer aus dem Vollen gelebt, gearbeitet, gefeiert, gearbeitet. Wie sehr erschraken wir alle, die Kinder, wir Freunde, vor allem jedoch Christa! Nach der ersten großen Operation sollte er kürzertreten, doch das fiel ihm schwer. Und so blieben ihm nur noch einige wenige Jahre.

Warum ich dieses alles noch einmal erzähle? Damit klar wird, was Christa vollbracht hat, und wie unendlich schwer es für sie gewesen sein muss – und noch ist. Denn plötzlich war es vorbei. Hemme lebte nicht mehr, und sie war allein. Sicherlich war dies der

Moment, den sie in ihrem Leben am allermeisten gefürchtet hatte. Die riesenhafte Beerdigung, die unendlich vielen Bezeugungen von Freundschaft und Liebe, die tief bewegende Ansprache des Pastors, all das kann nicht wirklich zu ihr durchgedrungen sein. Sie war wie betäubt und ist es sicher noch lange geblieben. Gottlob konnte und kann sie weinen. Und sie weinte viel, in der Zeit der schlimmsten Trauer und in den Jahren danach. Selbst auf Eberhardts Hochzeit liefen ihr ständig die Tränen, zu trostlos schien ihr selbst dieses Ereignis ohne Hemme.

Und dann trat ein, was Hemme vorbestimmt hatte und was eintreten musste und sollte: Eberhardt übernahm den Betrieb in Gaarz. Er hatte sich gut auf seine Aufgabe vorbereitet, hatte Landwirtschaft studiert, die Ackerflächen im Osten erfolgreich bewirtschaftet. Und er hatte eine tüchtige Frau geheiratet, auch sie Landwirtin mit eigenem Betrieb in der Magdeburger Börde. Fortan würden die beiden also ein bewegtes Leben führen und zwischen ihren drei Betrieben pendeln. So hätte Christa rein theoretisch noch eine schöne Aufgabe in Gaarz haben können: die beiden während ihrer Abwesenheit zu vertreten. Aber, wie es meistens so ist: Es lief nicht gut zwischen ihr und ihrer Schwiegertochter. Sie ist so ganz anders. Doch das ist nur natürlich, denn Christa kann es nur einmal geben!

Christa lebte weiterhin in dem großen Haus, ganz allein, denn es fiel ihr noch schwer, sich von allem zu lösen – Hemmes Geist war doch überall. Erst, wenn sie das gemeinsam geschaffene große, schöne Gutshaus räumte, würde auch Hemme sie endgültig verlassen, das wusste sie. Es brauchte Zeit. Doch dies war ihrer Schwiegertochter sicher ein Dorn im Auge. Sie wollte und konnte das nicht verstehen.

Aber dann reifte in Christa der Plan heran, aus Gaarz fortzuziehen, sich ein Haus in Oldenburg zu suchen. Ich war entsetzt. Was, Christa aus Gaarz fort? Warum? Sie gehörte doch dorthin, es war ihr Zuhause! Es ist so ein großer Hof, mit so vielen Häusern. Es musste für Eberhardt doch möglich sein, seine Mutter, die ihr Leben, ihre Liebe und ihre ganze Kraft für Gaarz gegeben hatte ebenso wie der Vater, irgendwo auf diesem Hof schön und würdig unterzubringen. Er konnte ihr eine erfüllende Aufgabe geben und sie bis zu ihrem Lebensende liebevoll und dankbar umsorgen!

Weit gefehlt! Christa dachte anders. Sie spürte, dass es bei ihnen so nicht laufen würde. Auf dem Hof zu bleiben – das kam für sie nicht in Frage! Sie wählte den gesunden Abstand zur neuen Generation. Und dann tat sie etwas, das vielleicht von allem, was sie je in ihrem Leben für Gaarz getan hatte, das Größte war und das Schwerste dazu: Sie kaufte sich ein Haus in Oldenburg, löste ihren und Hemmes Haushalt auf, nahm nur einige wenige Sachen mit und zog dorthin. Natürlich halfen ihr die Mädels beim Renovieren und unterstützten sie, wo sie nur konnten. Doch was wird in Christa vorgegangen sein? Es muss für sie doch gewesen sein, als würde ihr der Boden unter den Füßen wegbrechen: plötzlich, ja, plötzlich ganz loslassen zu müssen, was das Zentrum war, um das ihr ganzes Leben kreiste, das, wofür sie lebte. Nun war der Lebensnerv abgeklemmt. Christa tat es für Gaarz, für die folgende Generation, für den Hof, den Betrieb. Sie tat es aus Liebe!

Es ist wohl der größte Liebesbeweis, wenn man das, was man mit allen Fasern seines Wesens liebt, was man sich zu Eigen gemacht hat, wieder loslässt, wenn es notwendig wird und die Umstände es erfordern. Christa gibt durch das, was sie getan hat, der folgenden Generation, Eberhardt und seiner Frau, die völlige Handlungsfreiheit auf Gaarz, und das ist die Chance für die beiden. Mögen sie sie nutzen, so wie Christa und Hemme seinerzeit ihre Chance genutzt haben. Unserer Generation bleibt nicht mehr, als das zu hoffen, und die Kinder, wenn möglich, liebend aus der Ferne zu begleiten.

Und nun ist meine liebe Christa trotz eines hübschen Häuschens mit schönem Grundstück in ein tiefes Loch gefallen, ohne eine der mannigfaltigen Aufgaben, die Gaarz ihr ständig stellte. Aus diesem Loch wird sie sich auch wieder herausarbeiten, dessen bin ich sicher. Und mit der Zeit wird sie erfahren, wie richtig ihr Entschluss war. Denn je älter wir werden, desto schwerer lastet auf uns doch die Verantwortung, desto weniger Schwung bringen wir auf für neue Ideen und Investitionen, desto schwerer wird uns die Arbeit überhaupt. Die Jugend muss übernehmen, und wir dürfen dankbar sein – denn wir sind in der glücklichen Situation, dass es auf unseren geliebten Höfen weitergeht. Auch Christa wird darüber letztlich froh sein im Wissen um ihre, um unser aller Endlichkeit.

Erst einmal gibt es für sie noch viel zu tun. Ihr Garten will umgestaltet werden, und wenn dort die Apfelbäume blühen, wird ihr sein, als wäre sie wieder in Gaarz, ganz wie früher. Dann können in ihr die alten Bilder erwachen – von blühenden Apfelplantagen, von der Obsternte. So viele schöne Erinnerungen! Sicher wird sie die Apfelbäume immer in Ehren halten. In ihrem Schlafzimmer hat sie sich unter dem Dach ein großes Fenster über ihrem Bett einbauen lassen. Nun sieht sie, wenn sie nachts wach liegt, die Sterne funkeln, und sie ist sicher, dass Hemme auf einem von ihnen wohnt, auf einem von ihnen lacht. So wird er ihr helfen. Sein Optimismus, sein Lachen – beides wird sie wieder aufbauen. Und langsam wird sich in ihr die Zukunft formen, die sie noch vor sich hat. Denn sie wird ja erst 60 Jahre alt.

Soll ich überhaupt über mich sprechen? Christa weiß ohnehin Bescheid. Bei ihrem Blitzbesuch genügte ihr ein Blick aus dem Fenster auf den umgestalteten Garten, ein kurzer Blick auf Elisabeths und Maximilians neue Wohnung unten, und sie wusste alles. Sie kannte ja unseren Einsatz für den Thelenhof und unser Bemühen, bei allen erforderlichen Veränderungen im Betrieb das übernommene Erbe zu bewahren, die große Leistung zu würdigen, die meine Eltern nach Krieg und Flucht beim Aufbau unseres neuen schönen Zuhauses erbracht hatten. Wir ließen ihre Räume unangetastet, hier wohnte noch ihr Geist. Ebenso im Garten, den sie nach dem Krieg so schön und groß hatten anlegen lassen. Wir erwiesen meinen Eltern durch dieses Bewahren und Fortführen die ihnen gebührende Ehre. Doch kann man dies von der jungen Generation noch erwarten? Natürlich nicht. Sie haben ein Recht darauf, sich etwas Eigenes zu schaffen.

Meine liebe Christa hat sofort verstanden, was in uns vorgegangen sein muss, nachdem Hubert und ich aufs Altenteil eine Etage höher gezogen waren. Ich konnte mit niemandem darüber sprechen – es war auch ein Loslassen. Ich war total im Stress und oft traurig. Da muss man einfach durch. Das Wichtigste ist doch, dass die Kinder sich engagieren und sich etwas schaffen, auf das sie stolz sein können. Wir dürfen nur noch eines – still sein. Und ich gebe zu: Das fällt schwer!

Und nun muss ich doch davon erzählen: Es war ein Schock für mich, als mir zum ersten Mal klar wurde, dass ich jetzt die gleiche Rolle spiele wie meine Schwiegermutter in Sehlendorf. Wirklich, ein Schock! Auf einmal sind da die jungen Leute, die jedes Wort von mir auf die Goldwaage legen, ebenso wie ich es bei meiner Schwiegermutter in Sehlendorf tat. Und sie sind genauso empfindlich, wie ich es damals war. Wohin es führt, wenn sich die Alten dauernd einmischen, habe ich leidvoll erfahren, und ich möchte um Gottes Willen verhindern, dass sich das alles wiederholt. Ich wünsche mir, dass Elisabeth und Max sich hier zu Hause fühlen, dass sie ihre Wurzeln tief und fest in der Erde des Thelenhofs verankern und stolz sind auf alles, was sie hier schaffen. Ich möchte, dass sie diesen Hof und das Leben hier lieben.

Was müssen Hubert und ich also tun? Still sein, uns zurücknehmen, in den Hintergrund treten, tagtäglich aufs Neue. Es ist nicht einfach, den richtigen Weg zu finden. Denn dank der schönen Aufgaben, die wir noch auf dem Hof haben, begegnen wir und die Kinder einander häufig bei der Arbeit. Die Enkelkinder spielen um uns, wir haben solch ein Glück, sie aufwachsen zu sehen, uns täglich an ihnen freuen zu können. Wenn sie zu uns kommen, ist es schön. Doch dürfen wir sie rufen? Zurückhalten, Zurücknehmen lautet das Gebot. Das muss uns ständig klar sein!

Man lernt nicht von heute auf morgen, den Hof loszulassen, für den man mindestens 45 Jahre alles gegeben hat – Kraft, Liebe, Zeit, Geld, Arbeit ohne Ende. Da geht es uns allen gleich. Christa wohnt nun aus freien Stücken weit genug weg von Gaarz und bekommt deshalb das Tagtägliche gar nicht mehr mit. Wir hingegen suchen noch unseren Weg, einerseits einen gesunden Abstand zu allem zu erlangen, andererseits die Jungen zu unterstützen, wenn sie uns brauchen. Wir sind glücklich, dass wir noch bei der Pflege des Gartens und des Hofes mitmachen dürfen. Aber dennoch erfüllt uns vieles, das uns lange Zeit beschäftigt hat, nicht mehr. Der Hof darf nicht mehr unser Lebensmittelpunkt sein. Stattdessen planen wir viel Neues. Ja, wir Alten müssen uns freuen, dass wir die Verantwortung abgeben durften. Es ist auch eine Lebensstufe, vielleicht die letzte, höchste, hin zur Erfüllung.

Hubert und ich wünschen uns, dass wir aus vollem Herzen sagen können: Wir führen jetzt ein neues Leben mit anderen Aufgaben und Hobbys. Den Thelenhof haben wir vertrauensvoll in die Obhut von Elisabeth und Maximilian gegeben. Es gibt keinen Grund, traurig zu sein; uns geht es doch so gut. Wir dürfen auf dem Hof wohnen bleiben, in einer Traumwohnung, und unser Balkon schwebt über dem Garten. Wir haben unsere Pferde hier, unsere Kutschen, und wir haben noch eine schöne Aufgabe. Alles macht so viel Freude. Doch der Preis dafür ist die tägliche bange Frage: Macht es auch Elisabeth Freude und ihrem Mann, so nah mit uns zusammenzuwohnen, uns täglich zu begegnen? Oder fühlen sie sich durch uns zurückgestutzt, so wie ich es ja auch erfahren habe – zuerst durch meinen Vater, dann durch meine Schwiegermutter? Mein größter Wunsch ist, dass es nicht so weit kommt. Und dafür müssen wir täglich an uns arbeiten.

Ich glaube, es gibt keine allgemeingültige Lösung. Jede Familie ist ein individueller Fall mit eigenen Umständen, besonderen Voraussetzungen, und jeder muss seinen eigenen Weg finden. Meine Freundin Christa geht den ihren konsequent, und ich bewundere sie restlos dafür. Unzählige Bauernfamilien haben hingegen, wie es ja seit jeher Brauch war, ihre Alten in der Familie behalten und beherbergen und pflegen sie liebevoll bis zum Ende, ohne groß ein Wort darüber zu verlieren. So ist es. Ganz selbstverständlich leben auf einem Hof bis zu vier Generationen zusammen. Und dies ist zum Glück in der weit überwiegenden Mehrheit der Fälle so. Man spricht kaum davon. Man spricht lieber von den Familien, in denen Jung und Alt mit der Situation nicht fertig werden. Dabei muss jeder von uns seine ganz eigene Aufgabe lösen. Gott gebe, dass wir es schaffen!

Mein allergrößter Wunsch ist, dass auch wir auf dem Thelenhof harmonisch zusammenleben, Jung und Alt, dass wir unseren Weg finden, miteinander auszukommen. Und dass wir uns, wenn unser Leben sich neigt, in Dankbarkeit in unserer vertrauten Umgebung geborgen fühlen dürfen. Auch Christa darf sicher sein, von ihren Töchtern umsorgt zu werden. Birthe wohnt nicht weit weg, und oft ist Christa auf Rügen bei Rixa. Auch sie genießt die Gegenwart ihrer Enkel aus vollem Herzen, und sie hat ein schönes neues Heim.

Immer gibt es viele Gründe, dankbar zu sein, zu lachen. So wie Christa gelacht und in dieses Lachen alles hineingelegt hat, was ich hier so wortreich zusammengefasst habe. Ihr Lachen wird mir immer Vorbild sein, wird mich begleiten in schwierigen Momenten, es wird mir Halt geben und den Weg weisen, das Leben auszukosten, denn es gibt noch so vieles zu entdecken. Loslassen, Lachen – das Leben ist bunt!

Und deshalb ist das Leben schön! Ich werde Christa ihre von mir niedergeschriebene Geschichte zu ihrem 60. Geburtstag übergeben, damit sie sie in Ruhe lesen kann, wenn der Trubel vorbei ist. Und ich wünsche von Herzen, dass auch ihr zukünftiges Leben weiterhin unter dieser Maxime stehen möge!

Dann ist mir nicht bange um sie.

Die Heimkehr

Am 16. April des Jahres 2005 war es endlich soweit. Wir betteten die Asche meines Vaters in seiner Heimaterde in Netzow zur letzten Ruhe. Fast auf den Tag genau 60 Jahre zuvor hatte er dieses Land mit dem Pferdekarren für immer verlassen müssen. Nun, wenige Tage nach seinem 30. Todestag, konnte er zurückkehren in seine geliebte Uckermark, an den Ort, den er in seinem Testament bestimmt hatte, sollte es denn je möglich werden: hoch am Steilufer über seinem wunderschönen Netzowsee, unter uralten, riesigen Buchen.

Meine Schwester Gabriele und ich hatten lange darauf gewartet, diese Aufgabe erfüllen zu können. Die deutsche Wiedervereinigung lag bereits 15 Jahre zurück. Natürlich waren wir 1990 sofort nach Netzow gefahren, hatten uns jedoch enttäuscht und angewidert wieder „vom Acker gemacht". Die Misswirtschaft der DDR schrie uns noch überall entgegen: verkommene Höfe, vernachlässigte Wälder, nicht abgeerntete Felder, weil hierfür niemand mehr zuständig war, verfallende Städte und Dörfer. Wir dachten: Nichts wie weg hier und abwarten!

Schließlich, 1995, trat der denkbar größte Glücksfall ein: Eine junge, dynamische Familie pachtete Netzow von der Treuhand und machte sich ans Werk. Anna und Franz Christoph Michel restaurierten behutsam das Gutshaus und die großen Feldstein-Hofgebäude, pflanzten überall Bäume, auch mitten auf den Koppeln, und Kletterrosen an den Mauern. Anna stellte eine Mutterkuh- und eine Heidschnuckenherde auf und wirtschaftete fortan als Öko-Landwirtin auf Netzow. „Nebenbei" bekam sie in kürzester Zeit fünf Kinder. Franz Christoph richtete sich in der ehemaligen

Gutsschmiede eine Rechtsanwaltskanzlei ein und hatte schon bald so viele Mandanten, dass er noch einen Partner dazuholen musste.

Bald sah es in Netzow wieder so aus wie zu Zeiten meiner Eltern. Mein Mann Hubert und ich fuhren regelmäßig dorthin, um ein paar Tage in dem wunderbaren Ferienhaus am See auszuspannen und in die verflossene Welt meiner Eltern einzutauchen. Wie sehr konnte ich die Trauer meines Vaters mittlerweile verstehen, die er doch stets so tapfer verborgen hatte. Er klagte nie über seine verlorene Heimat, er widmete sich mit aller Energie der Gegenwart und Zukunft und hatte seiner Familie durch sein umsichtiges Handeln wieder eine Existenz auf einem wunderschönen Bauernhof am Niederrhein ermöglicht. Uns war immer bewusst, dass wir unseres Vaters Wunsch zu erfüllen hatten.

Der herrliche Buchen- und Kiefernwald, der zu Netzow gehörte, war jedoch noch in Staatsbesitz. Einige Jahre später aber konnten die Michels ihn und auch das Ackerland kaufen. Die Chance war gekommen. Anna und Franz Christoph hatten von Anfang an großes Interesse an der Familie Arnim gezeigt, die gut 300 Jahre auf Netzow gewirtschaftet hatte. Und so reagierten beide auch sehr wohlwollend, als wir sie fragten, ob wir den Wunsch unseres Vaters erfüllen dürften. Anna ließ einen großen Findling aus dem Acker holen und zu einem Steinmetz in Templin bringen. Dort wurde er mit folgender Inschrift versehen:

Im Gedenken an
Hans Georg Graf v. Arnim
geb. 19. 01. 1901
gest. 07. 04. 1975
Bis 1945 Herr auf Zichow, Netzow und Kleinow, Uckermark

Gabriele und ich legten den Tag der Feierstunde fest und luden unsere Brüder, Schwägerinnen und alle Kinder dazu ein. Leider sagten nur Georg und Adelheid zu, mein Jüngster und meine Älteste. Hubert und ich hatten wie gewohnt die herrliche Wohnung am See gemietet.

Es fiel Gabriele schwer, dem Plan zuzustimmen, uns dort alle zu treffen. Sie und ihr Mann waren seit 1990 nicht mehr nach Netzow gefahren, zu sehr lasteten die Eindrücke von damals auf Gabrieles Seele. Gerade jetzt, da eine andere Familie an diesem Ort ihrer glücklichen Kinderjahre, den sie so jäh hatte verlassen müssen, lebte und wirkte und ihn wieder so hergerichtet hatte wie früher, sträubte sich alles in ihr. Gabriele hatte ihr Leben lang den Stachel in ihrer Seele verborgen, ihren Kummer verdrängt. Wie unser Vater lebte sie ein gutes, tapferes Leben und schaute stets nach vorn, nicht zurück.

Ich hatte ja gut reden: 1947 am Niederrhein geboren, wurden diese Landschaft und der Thelenhof, auf dem wir lebten, meine Heimat, die ich über alles liebte. Zwar übte Netzow auf mich eine geheimnisvolle Anziehungskraft aus, die sicherlich dem Bewusstsein entsprang, dass meine Eltern hier glücklich gewesen waren. Doch den Schmerz, der sich tief in die noch kindliche Seele meiner Schwester gegraben und sie ihr Leben lang begleitet hatte, kannte ich nicht.

1937 wurde Gabriele geboren und erlebte in Netzow eine Kindheit, wie sie schöner nicht hätte sein können. Die Eltern verbargen ihre wachsenden Sorgen um Deutschlands Zukunft vor ihr. Nur kurz musste der Vater in den Krieg, dann wurde er zur Proviantbeschaffung wieder auf die drei Güter in der Uckermark zurückgeschickt. Gabriele spielte selig mit den Dorfkindern und ihren Vettern in den Ställen, zwischen Kühen, Pferden, Schweinen und Geflügel, und im Sommer am herrlichen See, im flachen Wasser plantschend. Ihre Mutter war ihr angebeteter Engel, immer sanft, immer liebevoll und fürsorglich; beim Vater hingegen hielten sich Liebe und eiserne Strenge die Waage. Die beiden Brüder Adolf und Bernd, zehn und zwölf Jahre älter als sie, kamen an den Wochenenden aus dem Internat heim und sorgten dann für sehr viel Leben. Doch im Laufe der Jahre spürte das Kind mehr und mehr die Niedergeschlagenheit der Eltern, die es sich nicht erklären konnte, denn in Netzow merkte man noch nichts vom Krieg. In ihrer kindlich-heilen Welt konnte Gabriele nicht begreifen, was vorging.

Dann, eines Abends, holte die Mutter Gabriele wieder aus dem Bett und ging mit ihr auf den Balkon.

„Sieh mal, die vielen Christbäume am Himmel!"

Gabriele war fasziniert. Erst viel später erfuhr sie, dass in dieser Nacht das 80 Kilometer entfernte Berlin in Schutt und Asche gebombt worden war. Ein anderes Ereignis aber beunruhigte das Mädchen sehr: Es beobachtete, wie ein brennendes Flugzeug auf Netzow zugestürzt kam und kurz hinter dem Hof in den Acker schlug. Der Vater und sein Förster Zillmann holten den schwerverletzten Piloten, einen Engländer, aus dem brennenden Wrack, brachten ihn in die Halle des Gutshauses und versorgten zusammen mit der Mutter seine Wunden, so gut sie es vermochten – er starb jedoch nach kurzer Zeit. Der Lehrer der kleinen Dorfschule in Netzow aber war ein überzeugter Nazi, der den Vorgang beobachtet und sofort zur Anzeige gebracht hatte. Kurz darauf wurde der Oberförster von der Gestapo abgeholt; er kehrte nie mehr zurück. Seine Tochter Gerda, Gabrieles beste Freundin, war nun ohne Vater. Die Eltern unterstützten die Familie Zillmann großzügig, aber der Ernst der Lage war nun auch in Netzow nicht mehr zu leugnen.

Beide Brüder wurden zum Kriegsdienst eingezogen, mit 16 und mit 18 Jahren. Der einzige Bruder des Vaters war 1941 gefallen, viele Vettern aus der Familie Arnim erlitten das gleiche Schicksal. Der Bruder der Mutter wurde über Kreta am Fallschirm abgeschossen und verlor ein Bein. Die Eltern waren bedrückt. Sie machten sich Gedanken über die Zukunft und ergriffen im Stillen Maßnahmen, über die sie vor Gabriele jedoch kein einziges Wort verloren, aus Angst vor dem Nazi-Lehrer in der Schule.

So blieb das Kind ahnungslos – bis es eines Nachts, es war der 10. Februar 1945, aus dem Schlaf gerissen wurde: „Steh auf, Gabrielchen, wir machen eine lange Reise!"

Ein Spielzeug durfte sie mitnehmen – sie wählte ihre Puppe, schloss danach die Spielzeugschränke sorgfältig ab und nahm den Schlüssel mit. Gabriele wurde warm angezogen und auf ein Bett gesetzt, das hinter Futtersäcken auf einem Pferdewagen verstaut war. Zwei weitere Wagen mit Proviant, Möbeln und Hausrat standen bereit.

In dieser Nacht verließen die Mutter und Gabriele Netzow für immer. Drei treue polnische Arbeiter brachten sie trotz aller Gefahren – die Nazis hatten bei Todesstrafe Treckverbot verhängt – heil bis nach Witzhave in Holstein, jenseits des Elb-Trave-Kanals, der die Trennungslinie werden sollte, wie Vater herausgefunden hatte. Gabriele bekam von den Tagen der Flucht so gut wie nichts mit. Sie hat kaum eine Erinnerung daran, denn die Mutter hatte ihr reichlich Baldrian eingeflößt, damit sie ruhig war – zu ihrem Schutz und dem aller anderen. So behielt Gabriele die Flucht, wenn überhaupt, als ein großes Abenteuer in Erinnerung. Den Ernst und die Traurigkeit des Ganzen erfasste sie erst nach und nach, denn ihre Mutter wurde immer stiller und verzweifelter in Sorge um den Vater, der noch in der Uckermark geblieben war, um wichtige Dinge zu regeln.

Die entsetzlichen Bombenangriffe auf Hamburg erlebte Gabriele allerdings aus nächster Nähe, da sie zu dieser Zeit operiert werden musste und sich im Krankenhaus in Bergedorf befand. Hier sah das Kind auch zum ersten Mal grauenvoll verwundete und verstümmelte Soldaten, die dicht an dicht auf den Fluren lagen. Alle mussten immer wieder in den Luftschutzkeller flüchten. Die Mutter beschützte und umsorgte das Mädchen, so gut es eben möglich war, doch die Angst um den Vater sollte noch viele Wochen andauern.

Dieser organisierte, nachdem seine Frau mit Gabriele in Sicherheit war, den Verkauf eines riesigen Vorrates an Mohrrüben, den er eigens zu diesem Zweck angelegt hatte. Denn es war ja nicht möglich, Geld von der Bank abzuheben oder gar in den Westen zu überweisen. Alle Vorgänge wurden von den Nationalsozialisten scharf überwacht. Vater jedoch verkaufte 70.000 Zentner Mohrrüben an die Stadt Berlin, die von den Russen bereits so gut wie umzingelt war und belagerungsfest gemacht werden musste. Um den Transport zu bewerkstelligen, waren drei Güterzüge mit je 60 Waggons nach Prenzlau gekommen, und ständig schoben zwei Lokomotiven sechs leere Wagen an die Bahnrampen in Zichow und Kleinow, wo man sie von Hand im ständigen Schichtwechsel sechs Tage und sechs Nächte lang belud. Die vollen Wagen wurden in Prenzlau gewogen und bar bezahlt. Mit dem Geld fuhr jede Nacht ein zuverlässiger Beamter nach Witzhave und lieferte es bei Gabrieles Mutter ab, die es sofort in ihre Kleidersäume nähte. Auf diese Weise schuf Vater eine Basis, um wieder ein neues Leben beginnen zu können.

Dann sprach er mit allen Familien auf den drei Gütern und überredete die allermeisten zur Flucht. Pferde und Wagen gab er ihnen, so viele sie brauchten. Das für Vater Entsetzlichste war die Notwendigkeit, 40 kleine Saugfohlen erschießen zu müssen, weil die Mutterstuten auf den Treck gingen. Dieses Erlebnis hat ihn zutiefst traumatisiert. Am 25. April waren die russischen Panzer nur noch einige Kilometer von Zichow entfernt. An diesem Abend verließ Vater mit einem kleinen Wagen und einem guten Pferd die Uckermark für immer und fuhr in ständigem Trab die 180 Kilometer bis Schwerin. Dort gelangte er als letzter durch die Seenenge, durch die die Reichsstraße nach Hamburg führte. Gleich darauf wurde sie von den Russen dichtgemacht, und man stoppte die nachfolgenden Trecks. Das Schreien und Weinen der Frauen hat unseren Vater ein Leben lang verfolgt. Wie durch ein Wunder wohlbehalten, traf er am 27. April morgens bei Mutter und Tochter ein. Trunken vor Glück lagen sie sich in den Armen.

Mittlerweile war der letzte Funken Hoffnung auf eine Rückkehr in die Uckermark erloschen – die Russen standen an der Elbe und wurden dort und am Elb-Trave-Kanal von den Engländern gestoppt. Allmählich begriff die kleine Gabriele, dass die lange Reise keineswegs nach Netzow zurückführen würde, sondern fort ins Ungewisse.

„Glück hat auf die Dauer nur der Tüchtige." Dieser Spruch von Moltke wurde in unserer Familie oft zitiert und passte nur allzu gut auf Vater. Auf Wunsch des Fürsten Eulenburg-Hertefeld aus der Mark Brandenburg, der mit seiner Familie auch mit dem Treck nach Hamburg gekommen war, erkundete Vater dessen Besitzungen am Niederrhein, neun Pachthöfe und Wald. In der Gegend war erbittert um den Rheinübergang gekämpft worden, und die Front hatte alles niedergewalzt. Die Städte waren bis zu 95 Prozent zerstört, viele Bauernhöfe und der Wald restlos zerschossen, die Felder verwüstet von Bombentrichtern. Dennoch kehrte Vater mit einem ermutigenden Bericht zurück: Er erzählte von wunderbar mildem Klima, sehr fruchtbaren, steinfreien Böden, und er ermunterte den Fürsten, in gemeinsamer Arbeit alles wieder aufzubauen.

So entschloss sich der Fürst zum Verkauf zweier Höfe, da er selbst kein Geld gerettet hatte, und Vater durfte sich einen aussuchen. Vom ersten Augenblick an, da Vater, über die Endmoränenhöhe bei Uedem kommend, den Thelenhof in einem weiten, friedvollen Urstromtal liegen sah, stand für ihn fest: Hier würde er für sich und seine Familie eine neue Existenz aufbauen. Und er kaufte dem Fürsten den Thelenhof mitsamt seinen Katstellen ab.

Gabrieles Kindheit in Netzow war vorbei, und es gab kein Zurück, stattdessen ging es vorwärts in ein neues Leben.

Die Maxime, nach vorn zu schauen und die Zukunft anzupacken, hatten die Eltern ihr also vorgelebt, und sie sollte auch für meine Schwester bestimmend werden: Eine böse Vergangenheit, eine schlimme Erfahrung soll nach Möglichkeit verdrängt werden, weil man so am besten weiterleben kann. So stand es also um meine Schwester.

Nach einigem Zögern willigte sie aber schließlich ein, mit in die Ferienwohnung am Netzowsee zu kommen, denn wir wollten dort auch abends das Ereignis von Vaters Heimkehr gebührend feiern.

Mir fiel ein Stein vom Herzen. Ich hoffte so sehr, dass alles gut werden möge. Als ich Gabriele in Templin vom Bahnhof abholte und mit ihr die sieben Kilometer durch Wald und Felder nach Netzow fuhr, spürte ich förmlich ihr Herz klopfen.

„Es sieht ja wieder schön aus hier", entfuhr es ihr.

Ich brachte sie geradewegs zum Ferienhaus. Später begleitete ich sie hinunter an den See und zu der Badestelle, wo sie so selige Kindertage erlebt hatte. Die Arme umeinander gelegt, standen wir lange schweigend und schauten. Der Netzowsee in all seiner Schönheit, mit seinen bewaldeten Ufern und goldenen Schilfgürteln, lag so friedvoll und in sich selbst versunken da wie seit Urzeiten, und die Abendsonne schickte ein rotgoldenes Strahlenband über das Wasser. Nichts hatte sich hier verändert. Mochten die Menschen noch so sehr verrückt spielen im Laufe der Jahrhunderte, mochten Krieg, Feuer, Plünderung, Vertreibung, mochte der Tod über das Land gegangen sein – dieser See war von alldem unberührt geblieben. Er strahlte eine unbeschreibliche Ruhe aus, etwas Magisches, dem wir uns nicht entziehen konnten.

Am nächsten Tag gingen wir in den Wald, zum Steilufer am See, um die passende Stelle für das Grab unseres Vater zu suchen, und wir fanden sie bald. Wir waren uns sicher, dass Vater in seinem Testament genau diesen Ort gemeint hatte: hoch über dem See unter uralten, riesigen Buchen und mit einem bezaubernden Blick auf das glitzernde Wasser. Hierhin ließ Anna Michel auf unsere Bitte hin den Feldstein mit der Inschrift bringen. Wir legten Vaters Asche in die Erde, platzierten mit Hilfe eines riesigen Traktors den Stein darüber und bepflanzten den Waldboden rundherum mit Blumen, die ein jeder von uns aus seinen heimischen Wäldern mitgebracht hatte: Adelheid Buschwindröschen und Schlüsselblumen, Gabriele Fingerhut und Wildveilchen, ich Maiglöckchen und Schneeglöckchen. Wir hofften, dass sich wenigstens einige der Blumen hier unter den Buchen auf Dauer ansiedeln würden.

Anna und Franz Christoph Michel näherten sich Gabriele sehr behutsam. Ohne sich aufzudrängen, bedeuteten sie ihr, dass sie im Gutshaus sehr herzlich willkommen sei. Zunächst tat sie sich

Voller Seelenruhe – der Netzowsee

schwer, obwohl sie die Michels wirklich sympathisch fand. Sie war noch nicht so weit.

Am folgenden Tag fand die Feierstunde statt. Anna Michel bot sich an, Jagdhorn zu blasen, ebenso Adelheid. So versammelten wir uns am Gedenkstein für Vater, die Sonne strahlte, der See glitzerte und die Vögel zwitscherten. Gemeinsam sangen wir das Lied „Lobe den Herrn", begleitet von den Hörnern. Dieses Lied hatte Vater sein Leben lang begleitet, und deshalb sei hier der Text der Ansprache, die ich anschließend hielt, auszugsweise wiedergegeben:

Lieber Vater, Großvater und Schwiegervater!

Heute ist Dein großer Tag. Der Tag, auf den Du so lange gehofft hast und der nun, 30 Jahre nach Deinem Tod, Wirklichkeit werden konnte. Und das dank des freundschaftlichen Entgegenkommens der Familie Michel, der wir hiermit von ganzem Herzen danken. Gerade haben wir das Lied gesungen, das Dich durch Dein Leben begleitet hat, das wir alle vom Thelenhof Dir frühmorgens bei leise geöffneter Schlaf-

zimmertür als Geburtstagsständchen dargebracht haben und das uns immer Ausdruck des Dankes gewesen war. Das ist es auch jetzt, wenn wir an Dein Leben zurückdenken.

„Lobe den Herrn, der Deinen Stand sichtbar gesegnet!" Wie segensreich begann Dein Leben: Für drei wunderbare Betriebe, Zichow, Kleinow und Netzow, übernahmst Du die Verantwortung, hast sie mit der Dir eigenen Energie zu ungeahnter Blüte bringen können. „An Dir, Du Jäger und Herr, ein echter Ritter Georg, an Deinem männlichen Trotz verbranden die Brecher der Zeit." Mit diesem Vers, 1943 ins Netzower Gästebuch geschrieben, hat Dich Dein Freund Ernst Günter Baade so wunderbar treffend charakterisiert.

Und doch: „In wieviel Not hat nicht der gnädige Gott über Dir Flügel gebreitet!" Er hat Dich aus dem Krieg wieder heimkehren lassen, hat Dir Gesundheit verliehen, sodass Du ein paar erfüllte Jahre in der Uckermark wirken konntest, an Deiner Seite Annemarie, die Söhne und Gabriele. Er hat Dich freundlich geleitet, Dich auf Adlers Fittichen sicher geführt, als sich der Himmel über der Uckermark endgültig verfinsterte und Du zusehen musstest, noch etwas in den Westen zu retten, um auch dort eine Lebensgrundlage zu schaffen. Er hat Flügel über Dich, Deine Frau und Deine Kinder gebreitet und Euch sicher in den Westen geführt, Deine Söhne gesund aus dem Krieg heimkehren lassen.

Wie sehr dieses Lied Dir Lebenslosung war, begreifen wir nun, da wir nach der Wende dieses schöne Land kennenlernen durften und nun erst die ganze Dramatik Deines Lebens erfassen.

Wir sind dankbar und froh, Dir nun hier in Netzow Deine letzte Ruhestätte bereiten zu dürfen, Dich unter der Obhut von Anna und Franz Christoph Michel in Deiner Heimat zu wissen. Wie segensreich endet nun auch Dein irdischer Weg! Dein Geist ist heute bei uns, das wissen wir, und wir sind gewiss, dass er hier zur Ruhe kommen wird. So loben wir den Herrn, der Dich erhält, wie es Dir selber gefällt. Dieses verspüren wir heute alle in Dankbarkeit.

Gabriele las den Psalm: „Der Herr ist mein Hirte, mir wird nichts mangeln." Anna und Adelheid bliesen noch ein Stück auf ihren

Die Familie am Grabstein hoch über dem Netzowsee, 2005

Hörnern und dann das „Halali", das endgültig letzte Halali für unseren Vater. Dann sangen wir gemeinsam: „Geh aus mein Herz und suche Freud." Nun war es vollbracht. Wir hatten endlich den Wunsch unseres Vaters erfüllen können, wohlwollend unterstützt durch das Ehepaar Michel. Wie leicht wurde uns ums Herz!

Abends hatten wir im Ferienhaus am See zu einem festlichen Abendessen geladen, zu dem wir auch Angelika Arnim aus Boitzenburg gebeten hatten, die Witwe unseres kürzlich verstorbenen Vetters Adolf Heinrich, der ein großer Bewunderer unseres Vaters gewesen war und sehr an ihm gehangen hatte. Während des Essens bedankten wir uns mit einem Toast bei den Michels für ihre wohlwollende, so selbstverständliche Unterstützung und beteuerten einmal mehr, wie dankbar wir seien, so freundliche, fröhliche und tüchtige junge Leute in Netzow zu wissen, die uns das Gefühl geben, zu einem Stück Heimat zurückzukehren, wenn wir dorthin kommen. Doch dann erhob sich Franz Christoph und hielt eine Rede, die ich mein Lebtag nicht vergessen werde, die uns zutiefst berührte und die ich hier deshalb sinngemäß wiedergeben möchte:

Liebe Gabriele, liebe Annabel und Ihr Lieben alle, die Ihr zur Umbettung von Hans Georg Graf v. Arnim gekommen seid!

Es ist nicht an Euch, sich zu bedanken dafür, dass wir hier in Netzow wirken, vielmehr ist es umgekehrt: Anna und ich, wir sind tagtäglich voll des Dankes, vor allem aber voller Scham, hier in Netzow einen so glänzend bewirtschafteten Betrieb vorgefunden zu haben. Man spürt an allen Ecken und Enden die Handschrift Eures Vaters: die riesigen Kiefernpflanzungen, die – 70 Jahre sind vergangen – zu ertragreichen Wäldern herangereift sind, die Wildäcker, von Eurem Vater angelegt, sind nach wie vor die Brunftplätze der Hirsche, die Ziersträucher an der Wiese hinunter zum See, überall erlebt man noch jetzt sein Wirken. Auch der „Annemarienweg", der atemberaubend schöne Fußweg, den er in das Steilufer graben ließ bis zu einer einsamen Badestelle, und der heute immer noch nach Eurer Mutter heißt, ist solch ein Relikt.

Wir sind beschämt und haben ein schlechtes Gewissen, dass wir es gewagt haben, diesen schönen Besitz, der so viele Jahrhunderte in Eurer Familie war und den Ihr tragischerweise verlassen musstet, nun unser Eigen zu nennen und von der Arbeit Eures Vaters zu profitieren. Und deshalb bemühen wir uns, Euch immer ein offenes Haus zu bieten, Ihr seid jederzeit willkommen! Du, liebe Gabriele, mögest in Dein Elternhaus kommen und uns besuchen, das wünschen wir uns von ganzem Herzen.

Nun war es an uns, zutiefst beschämt zu sein. Ja, war denn so etwas möglich? Die Michels konnten doch nichts dafür, dass die Geschichte solchermaßen ihren Lauf genommen hatte!

Sie hatten Netzow 50 Jahre später ehrlich erworben und bewirtschafteten es fleißig. Wir waren verlegen und widersprachen heftig. Doch die rheinische Fröhlichkeit, die Franz Christoph zu eigen ist – er stammt aus dem Rheingau – ließ es nicht zu, dass sich eine

So schön wie einst – Haus Netzow, 2003

betretene, sentimentale Stimmung breitmachte. Wir waren bald wieder munter und vergnügt und erzählten uns noch viele lustige Geschichten.

Am nächsten Tag reisten wir ab, nicht ohne uns noch vorher im Wald von Vater verabschiedet zu haben. Als alles Gepäck im Auto verstaut war, wollten wir noch den Michels Lebewohl sagen. Da baten Anna und Franz Christoph Gabriele sehr, doch hereinzukommen. Sie spürte wohl, dass sie nicht „Nein" sagen durfte in diesem Moment, dass sie einen Bann lösen würde, wenn sie sich überwände, bei den Michels und bei sich selbst. Und dann nahm sie all ihren Mut zusammen und ging in aufrechter Haltung … in das Netzower Haus! Wir blieben draußen, ich schickte ein Stoßgebet zum Himmel. Es dauerte lange, sehr lange, bis sie wieder erschien. Nicht verweint, nein, strahlend und sich lachend von Michels verabschiedend.

Es musste sich etwas in ihr entkrampft, gelöst haben – Gott sei's gedankt! Plötzlich war ihr leicht ums Herz geworden beim Anblick all der altvertrauten Räume, der Halle mit dem geschwungenen

Treppengeländer und der Galerie, an den Wänden wie eh und je Hirschgeweihe. Sogar ihre Spielzeugschränke waren noch da, unter der Dachschräge eingebaut, und sie hatte den Michels von ihrem Schlüssel erzählt, den sie immer noch besaß. Der elegante Salon mit Blick auf den See, das Esszimmer, in dem der Klingelknopf für die Köchin noch im Boden eingelassen war und immer noch funktionierte, das Arbeitszimmer des Vaters, jetzt Annas Arbeitszimmer. Gott, wo war die Zeit geblieben?

Gabriele war in diesem Moment mit ihrem Schicksal versöhnt, sie konnte sich unbelastet wieder dem Hier und Jetzt widmen, so wie sie es immer gehalten hatte. Die Familie rief, es gab Dringendes zu tun, die Töchter brauchten ihre Hilfe, die Enkel warteten, sie wollte nach Hause. In Dankbarkeit, dass unsere Aktion so wunderbar verlaufen war, traten wir die Heimreise an, ein jeder von uns zu dem Ort, der schon seit langem seine Heimat ist.

Wir auf dem Thelenhof spürten jedoch: Ab jetzt sind wir allein. Vater ist nicht mehr da, er begleitet uns nun nicht mehr bei unserem Tun. Er ist heimgekehrt, und die Geschichte hat sich erfüllt.

Ein polnisches Märchen

Wir stehen auf der Aussichtsplattform des Flugplatzes in Weeze am Niederrhein. Unserem Freund Krzysztof hatten wir versprochen, dass wir winken würden, und hoffen nun, dass er uns überhaupt sieht. Da, schon brausen die Triebwerke der Ryanair-Maschine auf, das Geräusch ist herrlich! Jetzt rollt sie los, am Flughafengebäude vorbei, wird schneller und schneller, dann hebt sie ab, und in Kürze ist sie in den Wolken verschwunden. Ich bin immer noch fasziniert von dem Wunder des Fliegens – wie ein Kind. Und Krzysztof, der in der Maschine sitzt und jetzt nach Polen fliegt, klopfenden Herzens, ist es auch.

Es ist ihm, als ob ein lange geträumtes Märchen in Erfüllung ginge, ein lange durchlittenes, lange erkämpftes, erhofftes. Und ein sonderbares, so noch nicht verspürtes Glücksgefühl erfüllt uns, so wie es sicher auch Krzysztof überwältigt, jetzt über den Wolken. In etwas über einer Stunde wird er an seinem Heimatflughafen sein. Er kann es immer noch nicht fassen. Und dazu ist es noch so unschlagbar billig! Aber ich will von vorn beginnen.

Mein Herz ist so voll, ich möchte und muss dieses Märchen aufschreiben. Für alle Polen, die es auch so erlebt haben, vor allem aber für die junge Generation, die, ähnlich wie die Jugend in der ehemaligen DDR, durch die „Gnade der späten Geburt" keine Erinnerung an diesen Teil der Geschichte ihres Landes haben kann. Ihnen sei diese Erzählung gewidmet, das Märchen, dessen Hauptfigur Krzysztof ist – stellvertretend für alle Polen, die Ähnliches erlebt haben.

In der Mitte Polens, nicht weit von der Industriestadt Konin, liegt an der Landstraße nach Toruń das Städtchen Ślesin und noch etwas nördlicher das Dorf Kijowiec. Hier lebte die Familie Groberski auf einem kleinen Gehöft. Mit ein bis zwei Pferden bewirtschafteten sie 20 Morgen Eigenland, das die Kommunisten einem jeden Bauern gelassen hatten, um die Versorgung der Stadtbevölkerung zu verbessern. Denn auf diesen kleinen Parzellen wurde ungleich mehr produziert als auf den staatlichen Kolchosen. So auch bei den Groberskis. Ihre drei bis vier Kühe, ihre Schweine, Hühner, Gänse, Enten, ihr riesiger Gemüsegarten ernährte nicht nur die Familie; man konnte auch noch Produkte verkaufen. Der Vater war außerdem Schlachter und führte rundherum Hausschlachtungen durch, sodass auch auf diese Weise etwas Geld ins Haus kam. Die Mutter arbeitete den ganzen Tag auf dem Gehöft und im Garten und versorgte die vielen Tiere. Und so kam die Familie einigermaßen gut durch die bittere Nachkriegszeit.

1960 wurde der zweite Sohn, Krzysztof, geboren. Von klein auf half er in der Landwirtschaft und liebte es vor allem, Pferdegespanne zu führen. Seine Kindheit war jedoch reich an Entbehrungen, denn besonders in den 1970er Jahren ging es den Menschen in Polen nicht gut.

Als es nach den Danziger Protesten und Demonstrationen des Dezembers 1970, die von den Kommunisten gewaltsam niedergeschlagen wurden, von allem immer weniger gab, wurde die Not in Polen von Jahr zu Jahr größer. Damals formierten sich Lastwagenkonvois mit Hilfsgütern aus Westdeutschland. Die deutsche Regierung übernahm einen Großteil des Portos für 20-Kilogramm-Pakete, und so schickten unzählige Deutsche Lebensmittel und Haushaltsgüter an polnische Familien. Ob bei den Groberskis je ein Paket eingetroffen ist, wage ich nicht zu fragen.

Es waren schlimme Jahre der Not und Hoffnungslosigkeit, aber auch der Wut über die fremde, den Polen aufgezwungene Ideologie, mit der man versuchte, die polnische Geschichte und Kultur auszulöschen. Aber das polnische Volk hielt stand. Die „bescheidene Würde der Bräuche", wie Polens Ministerpräsident Donald Tusk es ausdrückt, und der unerschütterliche Glaube an Gott waren letztlich stärker als alle Repressalien, als Hunger und Entbehrungen.

Aber zurück zu den Groberskis. Nach der Schule ging Krzysztof von zu Hause fort, um in Stettin eine Schiffbauerlehre zu absolvieren. Fünf Jahre blieb er dort, 1984 heiratete Krzysztof Halina Wisniewska, eine Studentin der Theologie, Mathematik und Informatik für das Lehramt. Vater und Mutter waren inzwischen verstorben, und so zog das junge Paar auf das kleine Gehöft in Kijowiec. Hier wurden die Söhne Arcadiusz und, zwei Jahre später, Piotr geboren, Tochter Dominika kam sechs Jahre später dazu. Die Familie war arm: Im Winter hatte Krzysztof für drei Monate Arbeit in der Zuckerfabrik, und Halina, seine Frau, war inzwischen Lehrerin an verschiedenen Gymnasien, doch ihr Gehalt war schmal.

Die Ereignisse in Polen gaben jedoch Anlass zu Hoffnung und Zuversicht: 1978 wurde ein polnischer Papst gewählt. Die kommunistischen Ideologen in Moskau wussten sofort: Das ist der Anfang vom Ende ihrer Herrschaft. Das kollektive Glücksgefühl in ganz Polen war unbeschreiblich, und die Kraft, die daraus erwuchs, brachte langsam, aber stetig den Kommunismus zum Einsturz.

1980 begannen erneut Proteste, wieder in Danzig. Diesmal waren sie gewaltlos und gut organisiert. Solidarność formierte sich und setzte den Prozess einer friedlichen, antitotalitären und freiheitssuchenden Revolution in Gang. Die Polen empfanden dies beinahe wie ein Wunder, und sie wurden von einer Welle der Euphorie getragen, aus der neue Hoffnung erwuchs. Und nach und nach erkämpfte sich Solidarność immer mehr Freiheiten und Rechte für die Menschen. Das von der Regierung ausgerufene Kriegsrecht, Verhaftungen und Repressionen waren zwecklos.

Mitte der 1980er Jahre hatte Krzysztof die Chance genutzt, die Solidarność für die Polen erkämpft hatte: freie Ausreise nach Westberlin und somit die Möglichkeit, Handel zu treiben. Von Stettin aus fuhr er zusammen mit Kollegen polnische Waren nach Westberlin, verkaufte sie, kaufte deutsche Produkte wie Waschpulver und dergleichen, die in Polen unbezahlbar teuer waren, und bald blühte der Handel auf.

Dann, ab 1988, durften die Polen endlich ausreisen, um im Ausland zu arbeiten. Sehr schnell hatten sie herausgefunden, in welchen Gegenden Deutschlands es reichlich Arbeit gab. Auch am Niederrhein mit seinen vielen Garten-, Obst- und Gemüsebauern war das der Fall. Die Polen fuhren aufs Geratewohl in diese Gegenden und warteten auf Parkplätzen in ihren winzigen Autos in der Hoffnung, dass die Bauern der umliegenden Dörfer sie dort abholen und mit zur Arbeit nehmen würden.

Das geschah auch. Doch anfangs waren nicht alle bereit, ihnen auch Unterkunft zu gewähren. Sie brachten sie nach einem harten Arbeitstag zu ihren kleinen Autos zurück und überließen sie sich selbst. So schmierten sich die Polen dann an ihren Autos ein Butterbrot, wuschen sich am Handwaschbecken der öffentlichen Toilette und übernachteten jeweils zu viert in den winzigen Fahrzeugen, um am folgenden Tag mit schmerzenden Gliedern wieder zur Arbeit zu gehen.

Der Lohn, den sie bekamen, war für deutsche Begriffe gering, doch der Wechselkurs in Zloty so hoch, dass sie alle Unannehmlichkeiten in Kauf nahmen und sich glücklich schätzten, in Deutschland Arbeit zu haben. So erging es auch Krzysztof Groberski.

Eines Tages erschien in aller Frühe Günter Derksen, Pächter der Ackerflächen am Thelenhof in Uedem, am Parkplatz in Straelen, lud einen Anhänger mit polnischen Männern und Frauen voll und nahm sie mit zur Blumenkohlernte. Dieser Sommertag im Jahre 1988 war der Beginn eines bereichernden, beglückenden Zusammenlebens mit polnischen Menschen auf unserem Hof, und deshalb werde ich ihn nie vergessen.

Günter richtete drei Zimmer neben der Tenne mit Dusche und WC ein, und mittags gab es eine warme Mahlzeit für alle. Die polnischen Arbeiter waren vollauf zufrieden. Sie arbeiteten fleißig bei jedem Wetter und kehrten zuverlässig wieder, sobald sie von neuem gebraucht wurden. Krzysztof, Marian, Czesław, Waldek, Bogdan, Ana, Henryk, Marek, Andrzej, Kazimierz, Gienek und später auch Roman wurden unsere unverzichtbaren Gefährten, und die Wiedersehensfreude war jedes Mal groß, wenn sie kamen. Denn sie waren höflich, leise, diskret, hilfsbereit und zuvorkommend, und niemand fand es störend, dass plötzlich so viele Menschen auf unserer Tenne und in den angrenzenden Zimmern lebten.

Sie blieben im Schnitt drei bis vier Wochen und verbreiteten stets gute Laune. Dann zwängten sie sich wieder in ihre winzigen Autos, zogen die Knie an und fuhren völlig zusammengefaltet 18 bis 19 Stunden lang zu ihren Frauen und Kindern nach Polen zurück. Die erste Schikane erlebten sie dann regelmäßig an der innerdeutschen Grenze in Marienborn. Zwei bis drei Stunden Wartezeit waren normal, und sie konnten froh sein, wenn sie nicht gefilzt wurden. Dann folgte die unglaubliche Holperpiste durch die

Arcadiusz, Piotr und Krzysztof auf dem Thelenhof 1999

DDR, dann wieder Warten in Frankfurt/Oder und schließlich noch etwa 400 Kilometer wellige, durchlöcherte Landstraße in Polen. Jede ihrer Fahrten war eine Tortur, doch das konnte ihre Fröhlichkeit nicht vertreiben, sie beklagten sich nie.

In dieser Zeit lernten wir Krzystof Groberski näher kennen. Seine Hilfsbereitschaft war geradezu überschwänglich, sein Taktgefühl fein, seine Warmherzigkeit wohltuend. Durch seine Herzlichkeit, Fröhlichkeit und Freundlichkeit gewannen wir ihn sehr schnell lieb. Wie gut man sich mit ihm über polnische Geschichte und europäische Politik unterhalten konnte! Er war gebildet, sprach ein gutes Deutsch und vor allem: Er lachte so gern. So saßen wir oftmals abends bei Bier und Wodka zusammen, und Krzystof war bald der Dolmetscher für alle seine Kollegen.

Zwei Jahre kamen die polnischen Arbeiter regelmäßig zu den Spitzenarbeitszeiten zu uns und wohnten an unserer Tenne. Dann hatte Günter die Idee, ihnen eine Wohnwagensiedlung unter den Bäumen am Teich zu errichten. Er baute Duschen und Toiletten und stellte eine Waschmaschine auf. Dort lebten sie fortan in einer richtigen Kolonie. Einige brachten ihre Frauen mit, die in den Wohnwagen für Ordnung sorgten und auch auf dem Feld mitarbeiteten. An den Sonntagen saßen sie alle zusammen fein gekleidet in der Sonne, hörten polnische Volksmusik und tranken Wodka.

Und sie reparierten ihre Autos, die nach und nach immer größer wurden. Czesław brachte in den Ferien seine Kinder mit, die sich als Studenten auch Geld verdienen wollten. Tomek, charmant und lustig, spielte gern Schifferklavier, Jacek jagte lieber mit alten Autos über den Hinterhof, bis es vom Vater mal wieder eine kräftige Ohrfeige setzte. Auch Lila, die hübsche Tochter, kam mit. Später wurden wir alle zu ihrer Hochzeit nach Polen eingeladen, schade, dass wir nicht hinfahren konnten!

1989, fünf Monate bevor die Berliner Mauer fiel, hatte die Solidarność erreicht, dass in freien Wahlen ein Senat geschaffen wurde, der am Runden Tisch tagte. Tadeusz Mazowiecki, der Oppositionsführer, wurde Ministerpräsident, denn seine Partei hatte die meisten Sitze. Das war der Anfang vom Ende des Kommunismus. Sofort ging die Koalition an ihr Werk, Marktwirtschaft und eine demokratische Ordnung einzuführen.

War *das* nicht schon die Wende? Sie ist vergessen angesichts der spektakulären Bilder aus Berlin, die am 9. November um die Welt gingen. Im Januar 1990 löste sich die kommunistische Partei in Polen auf. Lech Wałęsa, der Held der Solidarność und Friedensnobelpreisträger, wurde in freien Wahlen zum Staatspräsident gewählt. In Polen war man unsagbar froh, doch waren die Not und die Spuren der kommunistischen Jahrzehnte nicht von heute auf morgen zu beseitigen. Und so wurde wie bisher fleißig weitergearbeitet und äußerst sparsam gelebt.

Es kam also der Mauerfall in Berlin; ein Freudentaumel unbeschreiblichen Ausmaßes befiel nun auch uns Deutsche und mit uns die ganze westliche Welt. Doch von diesem für uns so beglückenden Ereignis merkten die Polen anfangs nicht allzu viel. Immerhin wurde man bald danach am schikanösen Grenzkontrollpunkt Marienborn nicht mehr aufgehalten. Fassungslos fuhr man durch die gigantischen Absperrungen, ohne dass man von irgendjemandem gestoppt wurde. Und sehr schnell bauten die Deutschen auch die Transitautobahn aus, sechsspurig. Welche Erleichterung war allein das schon: Endlich keine Holperpiste mehr; man schnurrte leise über den neuen Asphalt. Die Grenzkontrollen an der polnischen Grenze jedoch bestanden weiterhin.

Hier bildeten sich nun längere Autoschlangen denn je, denn die Zahl der Pkws und auch der Güterverkehr nahmen sprunghaft zu. Unsere polnischen Männer warteten oftmals zehn Stunden und mehr an der Grenze zu Polen. Am schlimmsten waren die Lkw-Schlangen. Die Wagen stauten sich nicht selten auf bis zu 30 Kilometern, und dann mussten die Fahrer ein Wochenende auf der Autobahn verbringen, weil in Deutschland Fahrverbot herrschte.

Unsere polnischen Arbeiter hatten inzwischen keine Fiats 500 mehr, sie fuhren gebrauchte Limousinen, in denen sie endlich Platz hatten, verkauften sie in Polen und kauften sich wieder neue in Deutschland. So blühte bald ein reger Handel mit Gebrauchtwagen. An den Sonntagen bastelten sie auf unserem Hinterhof an ihren Autos herum, fuhren ein bisschen Cross auf dem Stoppelacker und waren glücklich. Sie verdienten durch fleißige Arbeit genug Geld, und endlich ging es ihren Familien besser.

Eines Tages – das Schengen-Abkommen war schon in Kraft – fragte Krzysztof uns, ob wir ihn nicht einmal mit nach Frankreich nehmen könnten. Sein Cousin Jean-Claude lebte in einer Kleinstadt in der Nähe von Lens im nordfranzösischen Bergbaugebiet. Er betrieb dort ein polnisches Restaurant. Das gesamte Städtchen wurde seit über 100 Jahren nur von Polen bewohnt; die Schulen, Kindergärten, der Gottesdienst, die Speisen im Restaurant – alles war polnisch. In den großen Ferien fuhren alle Kinder in Bussen in ihr Heimatland zu ihren Familien. So kannten sich Krzysztof und Jean-Claude von klein auf.

Als wir nun in der Weihnachtszeit zu Huberts Familie nach Paris fuhren, nahmen wir Krzysztof mit. Er war sehr aufgeregt und etwas blass. Nach Deutschland war er ja schon oft gefahren, aber Frankreich war etwas anderes. So saß er still auf dem Rücksitz, während wir wie selbstverständlich, ohne den Fuß vom Gaspedal zu nehmen, die holländische Grenze passierten. Bald darauf folgte die belgische Grenze, auch hier gingen wir nicht vom Gas, und niemand stand da, um uns zu kontrollieren. Krzysztof war still. Dann passierten wir die französische Grenze, ebenfalls ohne anzuhalten. Und diesmal brach er in Tränen aus. Er konnte es nicht fassen: Das ganze elende Eingesperrtsein im kommunistischen System, die vielen Entbehrungen seiner Jugend, alles stieß ihm in diesem Moment bitter auf. Und hier diese Freiheit!

„Warum?", fragte er immer wieder. „Warum habt ihr so viel Glück, und wir im Ostblock nicht? Was haben wir falsch gemacht?"

Er tat uns so leid. Wir trösteten ihn, so gut wir konnten, und sagten: „Nur noch ein paar Jahre, dann gehört auch ihr zu Europa, und eure Grenzen sind geöffnet. Ihr müsst jetzt noch etwas Geduld haben."

Wir brachten ihn zu Jean-Claude und unterhielten uns noch eine zeitlang mit diesem munteren Polen mit gepflegtem Schnauzbart auf Französisch. Krzysztof saß kleinlaut daneben, obwohl wir ihm übersetzten, was wir sprachen. Normalerweise war das nicht seine Art, doch er war zu überwältigt von alldem.

Hier hatte jemand aus seiner engsten Familie eine sichere Existenz gefunden, war selbstbewusst und zufrieden – der Preis dafür war jedoch der Verlust seiner Heimat gewesen. In Polen dagegen kämpften alle mit den dunklen Schatten der Vergangenheit. Krzysztof war deprimiert, er fühlte sich unwohl, und ich glaube, er war ganz froh, als wir ihn am Sonntagabend wieder abholten.

Schon lange Zeit hatte Krzysztof uns gedrängt, doch endlich nach Polen zu kommen, als wir uns entschlossen, für zehn Tage eine Rundreise durch den Nordwesten des Landes zu unternehmen. Natürlich wollten wir auch ihn und seine Familie besuchen. Von Anfang an waren wir begeistert von der Schönheit der Wälder, den fruchtbaren Ebenen, der Ursprünglichkeit der Auenlandschaften, vor allem aber von den prachtvoll wieder aufgebauten Städten, Burgen und Klöstern und von den freundlichen Menschen.

Dann fuhren wir nach Kijowiec, und Krzysztofs Beschreibung wies uns den Weg. Und da stand er und weinte vor Freude, dass wir gekommen waren, ihn zu besuchen und seine Familie kennenzulernen. Er stellte uns seine hübsche Frau vor, seine beiden Söhne und die Tochter Dominika. Er zeigte uns seine Hofstelle, die Johannisbeerplantagen und den großen Gemüsegarten. Das Haus war nicht groß, aber behaglich, und von dem Geld, das er in Deutschland verdient hatte, hatte Krzysztof das Dach neu decken können.

Doch er hatte sein Geld nicht für einen sinnlosen Palast ausgegeben, wie so viele seiner Landsleute es jetzt taten. Überall sah man diese Wohnhäuser mit Türmen und Erkern, für die sie sich in Deutschland abrackerten. Krzysztof hingegen verwendete das Geld für seine Kinder. Jedes von ihnen spielte ein Instrument, es gab einen Computer – was Mitte der 1990er Jahre noch nicht selbstverständlich war –, und die Jungs gingen aufs Gymnasium. Halina, seine Frau, hatte ihr Studium „nebenbei" bis zum Diplom fortgesetzt und verdiente jetzt mehr. So lebte Familie Groberski nicht üppig, aber glücklich auf ihrem kleinen Gehöft.

Krzysztofs Zuhause

Und dann durften wir erleben, was polnische Gastfreundschaft bedeutet! Krzysztof und Halina hatten auch Marian, Roman und Czesław mit ihren Frauen dazugeladen, und so feierten wir alle ein fröhliches Wiedersehen bei Sekt, Tee, Saft, Wodka, Bier und später den verschiedensten und köstlichsten Speisen – und von allem mussten wir probieren. Krzysztof übertraf sich selbst, er dolmetschte den ganzen Abend simultan, und wir bewunderten ihn. Spät sanken wir auf unser Nachtlager, das uns auf dem ausgezogenen Wohnzimmersofa bereitet worden war.

Am nächsten Tag machte Krzysztof mit uns eine Rundfahrt. Wir besuchten die Kathedrale von Gniezno (Gnesen), eine der ältesten in Polen, und weitere romanische Gotteshäuser, aber auch ein Freilichtmuseum und eine rekonstruierte Siedlung aus der Eisenzeit.

Am Abend waren wir bei Czesław eingeladen. Seine Frau Jolla und die drei erwachsenen Kinder, die schon mehrmals mit in Deutschland gewesen waren, begrüßten uns warmherzig. Wir bewunderten die Auto- und Treckerwerkstatt, die Czesław sich durch sein Arbeiten in Deutschland finanziert hatte, sowie das neu gebaute große Haus mit der Galerie, die einmal rundherum führte. Dann gab es wieder reichlich zu essen und zu trinken.

„Annabel ist minimal dicker geworden!", bemerkte Czesław, und Jolla lachte mir zu und sagte: „Ich doch auch!"

Tomek, der charmante und fröhliche älteste Sohn, holte sein Schifferklavier und heizte uns ordentlich ein. Die Teppiche wurden aufgerollt, und dann wurden wir beiden Matronen von unseren schmalen Männern übers Parkett geschoben.

Am folgenden Tag, vor unserer Abreise, bestand Krzysztof darauf, uns noch Licheń zu zeigen, die neue Wallfahrtskirche, deren goldene Kuppeln wir schon aus 20 Kilometern Entfernung hatten leuchten sehen. Diese Kirche war soeben erst fertiggestellt worden und der ganze Stolz aller Polen, hatte das Volk sie doch ganz allein finanziert durch Spenden und praktisches Mitanpacken am Bau. Was wir sahen, übertraf alle unsere Vorstellungen. Die Kirche ist so gigantisch, dass sie es mit dem Petersdom in Rom aufnehmen kann. Sie ist nur aus kostbarsten Materialien gebaut: Verschiedenfarbiger Marmor schmückt, in floralen Motiven verlegt, Boden und Wände. Edle Hölzer sind zu Kirchenbänken geschnitzt worden, und herrliche, kunstvolle Glasfenster brechen das Licht. Wir kamen aus dem Staunen nicht mehr heraus. Die Parkanlage rundherum ist bestens gepflegt, eine weite Freitreppe erhebt sich vor einem zehn Hektar großen Rasen, auf dem eine Million Menschen Platz haben. Hier hat Johannes Paul II. eine Messe gelesen, und deshalb gibt es ein großes Bronze-Denkmal von ihm. Wir waren überwältigt.

All dies ist aus der Frömmigkeit und aus dem Fleiß eines geknechteten Volkes erwachsen, das im Überschwang seines Glücks über die erkämpfte Freiheit erst einmal eine solch prachtvolle Kirche vollendete. Der Grundstein wurde allerdings schon während der kommunistischen Ära gelegt – gegen den Widerstand des Regimes. Die Polen, damals bitterarm, spendeten, was sie hergeben konnten, und errichteten, handwerklich begabt, wie sie sind, in ihrer Freizeit diese staunenswerte Basilika. Für Verpflegung sorgten ihre Frauen in einer Großküche, und sie wurden von Spenden finanziert. Für die Unterkunft stand ein großer Schlafsaal bereit, dem Dormitorium eines Klosters gleich. Darüber hinaus waren ja nach der Wende überall in den sozialistischen Plattenbausiedlungen nagelneue Gotteshäuser erbaut worden in guter, moderner Architektur, wie wir staunend bemerkt hatten.

Überwältigt nahmen wir Abschied. Dieses tapfere Volk hatte sich seit 1980 Schritt für Schritt Freiheiten und Rechte erkämpft und war auf dem besten Wege, sein Land auf ein ähnliches Niveau zu heben wie das im Westen. Und zwar aus eigener Kraft. Während wir die ehemalige DDR mit West-Geld wieder aufbauten, finanzierten die Polen alles selbst.

Einige Male waren wir seither in Polen und stets aufs Neue fasziniert. Immer fuhren wir auch bei Krzysztof vorbei, brachten Steinpilze mit, die wir am Straßenrand gekauft hatten, und verspeisten sie, in Sahne geschmort, gemeinsam in seiner gemütlichen Küche.

Eines Tages – die polnischen Arbeiter hatten wie immer wochenlang fleißig auf unserem Hof gearbeitet und waren vor zwei Tagen nach Hause gefahren – rief Krzysztof uns an: „Roman ist tot!"

„Was sagst du da?!"

„Er ist einfach umgefallen, Herzschlag!"

„Oh Gott, nein!"

Roman war Vater von neun Kindern und lebte mit seiner Familie auf engstem Raum in der Nähe von Krzysztof. Er war gerade dabei, sich mit seinem im Westen verdienten Geld ein größeres Haus zu bauen. Aber erst einmal stand die Kommunion der jüngsten Tochter an. Diesmal hatte Roman alles Geld für das große Familienfest angespart. Müde und abgespannt, weil er sich abgerackert hatte, war er heimgefahren. Und nun war er tot – eine Katastrophe!

Wir packten hastig unsere Sachen, fuhren noch am gleichen Tag bis Berlin und am nächsten Morgen weiter bis Kijowiec. Mittags schon sollte die Beerdigung sein. Die Zeit reichte gerade noch zum Umziehen. Die nahegelegene Kirche war bereits proppenvoll, erst recht aber der Platz vor der Leichenhalle, wo Roman aufgebahrt lag – seine weinende Frau Barbara an seiner Seite. Ein nicht enden wollender Zug von Menschen nahm Abschied, alle streichelten seine Hand und beteten. Ein riesiger Trauerzug bewegte sich nach dem Gottesdienst schweigend die Straße hinauf zum Friedhof. Die örtliche Blaskapelle spielte dort wunderschöne Weisen, ein Trompeter blies: „Il Silenzio", während der in die Erde gesenkte Sarg sogleich mit Erdreich bedeckt wurde. Es ging einem durch und durch! Seine vielen Kinder, eines hübscher als das andere, und seine Frau standen am Grab und starrten auf das, was die Totengräber mit ihrem Vater und Mann da machten. Schließlich legten die vielen trauernden Menschen ihre mitgebrachten Blumen und Kränze auf den frischen Erdhügel über dem Grab. Nicht zu fassen! Auch der riesige Leichenschmaus, für alle ein warmes Essen, löste die traurige Stimmung nicht. Und am kommenden Sonntag war Kommunion!

Doch da waren wir längst wieder in Deutschland, überwältigt von der Solidarität dieser Menschen. Sie stehen zueinander, teilen Freud und Leid. Und so waren wir sicher, dass sie auch Barbara helfen würden, ihre Kinder durchzubringen. Im Laufe der folgenden Jahre hörten wir, das alles gut ging. Barbara hat Arbeit gefunden, die Kinder sind in der Lehre, die Großen verdienen ja längst, zum Teil auch im Ausland.

Jahre gingen ins Land. Für die Polen, die auf unseren Höfen arbeiteten, änderte sich so manches. Inzwischen hatten ihnen die Bauern richtige Wohnungen gebaut mit einer Küche, die jeweils von einer Frau bewirtschaftet wurde. Es hatten sich Fahrunternehmen gebildet, die die Männer auf den Höfen einsammelten und in Polen an ihren Heimathäusern wieder absetzten. Hatten bisher unsere polnischen Arbeiter jeweils zu fünft die Fahrt in einem großen Audi oder Mercedes angetreten, der selbstverständlich in Polen wieder verkauft wurde, so wurden sie jetzt abgeholt von Fahrern im nagelneuen Van oder im großen VW-Bus modernster Ausführung. Die winzigen Fiats waren gottlob Geschichte!

Geschichte waren auch die mühsamen Telefongespräche nach Polen. Sonntags war Telefontag gewesen, Krzysztof und Co. waren dann mit dem Fahrrad nach Uedem zur Telefonzelle geradelt und hatten stundenlang versucht, eine Verbindung zu ihren Frauen und Kindern zu bekommen. Hin und wieder versuchte Krzysztof es auch von unserem privaten Telefon aus. Wie sie immer in die Leitung brüllten!

Diese Zeit der Trennung war bitter. Die Familienmitglieder hörten kaum etwas voneinander, und sie vermissten sich. Besonders Krzysztofs Tochter Dominika sehnte sich sehr nach ihrem Vater. Nun, nach all den Jahren des Verzichts, der Sehnsucht, aber auch der eisernen Disziplin, die Trennungen durchzustehen, war das Telefonieren endlich leichter geworden. Mein Mann und ich hatten eine Flatrate fürs Ausland, und so saß Krzysztof abends oft lange in unserem Wohnzimmer und sprach mit Frau und Kindern. Aber selbst das wurde noch besser; bald hatten die Polen eigene Handys mit günstigen Flatrates. Sie brauchten niemanden mehr zu bitten, nicht mehr nach Uedem zu fahren, sie saßen einfach jeden Abend auf der Bank vorm Tennentor und unterhielten sich entspannt – und leise – mit ihren Familien. Seither fiel ihnen die wochenlange Trennung nicht mehr ganz so schwer.

Der Kirchgang war ihnen allen auch sehr wichtig. An jedem Sonntag fuhren sie gemeinsam zu einem der polnischen Gottesdienste, die am Niederrhein inzwischen selbstverständlich waren. In Kleve zum Beispiel gibt es eine enge Partnerschaft mit Gnesen (Gniezno), Busse voller Klever fahren dorthin wie umgekehrt auch. Selbst Gnesener Bischöfe sind schon mehrfach in Kleve gewesen, vor 30 Jahren zuerst, aber auch 2004, als der große Moment gekommen war und Polen Mitglied der Europäischen Union wurde. In den Hauptstädten vieler Länder fand damals eine Feier statt, in Deutschland jedoch nicht in Berlin, sondern in Kleve. Kardinal Glemp kam und zelebrierte im Rahmen eines großen Programms zusammen mit dem Bischof von Münster eine feierliche Messe in der Stiftskirche. Krzysztof Penderecki hatte in dieser Kirche 1998 seine „Sieben Tore Jerusalems" dirigiert.

In der Klever Unterstadtkirche wird die Messe jeden Samstagnachmittag auf polnisch gelesen. Unsere Arbeiter jedoch fahren regelmäßig am Sonntag in die Bergarbeiterstadt Neukirchen-Vluyn zur polnischen Messe, denn das passt ihnen besser in ihren Zeitplan. Als Papst Johannes Paul II. starb, gingen mein Mann und ich zum Trauergottesdienst in die Kevelaerer Basilika. Auch sie war selbstverständlich gefüllt mit Polen.

Dies zeigt vielleicht am deutlichsten, wie nah sich die Niederrheiner und die Polen gekommen sind, wie sehr sie sich gegenseitig respektieren und achten, wie sehr sie einander brauchen und wie sehr sie sich mögen. Inzwischen haben wohl alle Niederrheiner, die polnische Arbeitskräfte beschäftigen, diese auch in ihrer Heimat besucht. Sie haben polnische Hochzeiten mitgefeiert oder hohe Kirchenfeste. Sie sind von ihren Gastgebern herumgeführt worden und haben alle nur möglichen Sehenswürdigkeiten gezeigt bekommen.

Unsere Wohnwagensiedlung am Teich existierte seit einigen Jahren schon nicht mehr. Unser Pächter hatte den Blumenkohlanbau aufgegeben, und so waren nicht mehr so viele Arbeitskräfte vonnöten. Diejenigen, die dennoch kamen, wohnten auf seinem Hof in einem anderen Ortsteil von Uedem. Krzysztof aber, Marian und eine Zeitlang auch noch Gienek und Czesław blieben uns treu, wohnten bei uns, wenn sie Arbeit hatten, und so riss die Verbindung niemals ab.

Auf unseren Fahrten nach Polen, zum Beispiel zu einem Kutschenbauer in Kalisz, staunten wir jedes Mal, wie schnell die Straßen ausgebaut wurden. Schon existierte ein großes Stück Autobahn, etwa die Hälfte der Strecke Frankfurt/Oder – Warschau, um Posen herum, was für unsere polnischen Arbeiter eine riesige Erleichterung war. Dennoch, die Entwicklung des Verkehrsaufkommens hielt mit, die Straßen waren oftmals verstopft und lange Staus jedes Mal Programm.

„Ach, würde Ryanair doch auch nach Polen fliegen!", träumten wir so oft.

Der Garten, links Krzysztof winkend

Denn inzwischen hatten die Engländer die große Air Base in Weeze, nicht weit von uns, verlassen, und es war ein neuer, sich rasch entwickelnder Billigflieger-Airport daraus geworden. Etliche Ziele in Europa wurden von hier aus angeflogen, auch Berlin – Polen jedoch noch nicht. So machten sich Krzysztof & Co. jedes Mal wieder auf die lange Fahrt auf überfüllten Autobahnen.

Dann, im Jahre 2006, öffnete sich die polnische Grenze. Das Schengener Abkommen galt nun auch für Polen – welch unbeschreibliches Gefühl der Dankbarkeit und des Glücks! Zum ersten Mal konnten alle Fahrzeuge, auch die Lkws, ohne anzuhalten nach Polen hineinrollen oder von dort nach Deutschland. Sicherlich hat Krzysztof wieder geweint, diesmal vor Freude, so wie auch mir 16 Jahre zuvor an der innerdeutschen Grenze, die plötzlich offen war, vor fassungsloser Freude ein Kloß in den Hals gestiegen war und Tränen in die Augen. Als mein Mann und ich das erste Mal seit der Öffnung über die polnische Grenze fuhren, waren wir, wie die Polen, überwältigt von Dankbarkeit. Welch eine wunderbare Entwicklung nimmt Europa – Gott gebe, dass sie gelingt!

Schon 2004 war ein großes Jahr gewesen, als Polen der EU beitrat. Welch bedeutsames Ereignis für dieses Land, das sich auch in den dunkelsten Jahren immer zu Westeuropa zugehörig gefühlt hatte! Doch erst einmal spürte man wenig Vorteile, das Glück über den EU-Beitritt hielt sich in Grenzen. Schon bildeten sich Kräfte, die sich „konservativ" nannten und die alte Werte schwinden sahen wie Vaterlandsliebe, Religiosität, Bescheidenheit. Die Jugend schwärmte überallhin nach Westeuropa aus, um dort zu arbeiten und gutes Geld zu verdienen, während Polen diese fleißigen Leute selbst dringend brauchte. So wurde prompt die reformerische Regierung Mazowieckis abgewählt, und die „Früher war alles besser"-Denker, zuletzt mit Jaroslaw Kaczyński – einem Gegner Europas –, kamen an die Regierung. Zur gleichen Zeit war sein Zwillingsbruder Lech Staatspräsident. Man glaubte schon an Vetternwirtschaft.

Krzysztof war gar nicht wohl dabei. Er wollte Freiheit für die Jugend, für sein Land, für sich und alle, auch wenn es um den Preis der „Amerikanisierung" des Lebensstils war. Und so wie er dachten im Laufe der rückwärtsgewandten Kaczyński-Regierung immer mehr Polen, sodass bei der nächsten Wahl Donald Tusk, ein nach Europa geöffneter, vorwärts schauender Politiker, das Ruder übernehmen konnte.

Wir fuhren wieder einmal nach Polen. Diesmal mit Huberts Eltern, einer Tante und Huberts Bruder Arnaud, dem Organisten. Für ihn hatte Krzysztof in der Basilika von Licheń ein Orgelkonzert arrangiert. Unsere Backsteingotik-Reise von Lübeck bis Danzig führte über Toruń zu den Groberskis und von dort nach Licheń zum fraglosen Höhepunkt der Tour: Arnaud spielte die gewaltige Orgel, die vor kurzem erst in die Basilika eingebaut worden war. Die Orgel besteht aus sieben Prospekten. Überwältigt lauschten wir Vivaldis „Vier Jahreszeiten", von denen Arnaud eine Transkription für Orgel erarbeitet hatte. Welch ein unvergessliches Erlebnis hatte Krzysztof uns da beschert!

Meine Schwiegereltern kannten Krzysztof ja schon, denn wir hatten ihn ein Jahr zuvor mit nach Frankreich genommen zum elterli-

Ein dunstiger Tag am Mont St. Michel, 2007

chen Schloss Huberts in der Vendée. Auf dem Weg dorthin zeigten wir ihm etliche schöne Kirchen, vor allem den Mont St. Michel. Und wir waren wieder einmal tief berührt von seiner Frömmigkeit. Er betrat diese Kirchen nicht wie ein Tourist, der die Architektur bewundert, sondern wie der tiefgläubige Christ, der er war. Er genoss die Reise, saugte alle Eindrücke auf wie ein trockener Schwamm. Und er probierte mit Spaß Austern, Weinbergschnecken, Froschschenkel, Taschenkrebse, kleine und große Meeresschnecken – eben alles, was Frankreich so unverwechselbar macht.

Huberts Vater hatte das Familienschloss verkauft, was für Hubert eine Katastrophe war, denn er liebte es sehr und hätte alles getan, um es zu erhalten. Krzysztof hatte ein feines Gespür dafür. „Chef", wie er ihn nannte, tat ihm entsetzlich leid. Und er umsorgte ihn wie ein Butler, als Hubert, krank vor Gram, das Bett nicht verlassen konnte. Zu mir sagte Krzysztof: „Es ist zwar viel zu groß, das Schloss, viel zu viel Arbeit. Aber trotzdem ist es sooo schade!"

Krzysztof und Hubert im Déffend, 2007

Das sagte ein Mann, der immer in bescheidensten Verhältnissen gelebt und sich jedes bisschen Lebensqualität hart hatte erarbeiten müssen. Ein Mann aus einem jahrzehntelang kommunistisch regierten Land dachte mitfühlender und trauerte mehr als so mancher aus Huberts Familie.

Dann fuhren wir mit einem Kleinlaster voller Möbel – es war schauerlich, das Schloss wurde komplett leer geräumt – wieder nach Uedem, auf Nimmerwiedersehen mit dem Haus, mit der Landschaft, in der Hubert seit seiner Kindheit alle Ferien verbracht hatte und die sein eigentliches Zuhause war. Er war bitter traurig, aber Krzysztofs sensible, mitfühlende Art tröstete ihn. Spätestens seit diesen Tagen betrachtet Hubert Krzysztof als seinen besten Freund.

Mittlerweile studierten beide Söhne der Groberskis, und Dominika ging aufs Gymnasium. Alle drei Kinder absolvierten Schule und

Studium mit Bravour und arbeiteten noch nebenbei, um zu ihrem Lebensunterhalt beizutragen. Dennoch gaben die Eltern den Söhnen monatlich Geld für Wohnen plus Essen, und das musste verdient werden. Krzysztof kam, so oft er konnte, und suchte sich Arbeit in der Gegend; er brauchte Geld. Immer jedoch diese elende Fahrerei! Die Busse waren bequem und modern, aber die Straßen waren voll und die Fahrt immer so endlos lang.

Dann endlich eröffnete Ryanair die erste Verbindung nach Polen, nach Krakau. Das kam für unsere Freunde nicht in Frage, aber es ließ hoffen. Nach und nach kam eine Verbindung nach der anderen hinzu: Breslau, Kattowitz, Danzig, und dann Bromberg. Bydgoscz, wie man diese Stadt in Polen nennt, liegt nur 80 Kilometer von Kijowiec entfernt. Nun war der langgehegte Traum zum Greifen nah.

Krzysztof jedoch wollte nicht fliegen. Wir fragten ihn, ob er Angst habe.

„Nein, niemand fährt mich hin", sagte er. „Und es gehen keine Busse."

Stimmte alles nicht, der Bus nach Bydgoscz geht fast vor seiner Haustür ab. Und immer mehr Kollegen nutzten die Verbindung bereits, für viel weniger Geld, als die Reise im Kleinbus kostet. Krzysztof brauchte fast drei Jahre, bis er endlich all seinen Mut zusammennahm. Eine Nachbarin aus Uedemerfeld hatte ihn besucht, und er hatte sie in Bydgoscz am Flugplatz abgeholt. Wie leicht sah das alles aus! Krzysztof konnte es nur schwer fassen. Doch dann bat er seine Söhne, ihm ein Flugticket zu buchen. Und klopfenden Herzens war er in die Maschine gestiegen. Als sie startete, hatte sein Herz gerast, vor Aufregung, vor Erschütterung, vor Glück.

Später sah er unter sich das silberne Band der Autobahn, auf der er so unzählige Male entlanggefahren war, zuerst entlang geholpert, entlang getuckert, alle Schikanen ertragend, die am Wegesrand warteten. Später dann die elenden Staus an den Baustellen, das Vorwärtskommen im Kriechgang nur, dann die neuen Fahrbahnen und der horrende Verkehr. Da unten war sie, die Autobahn, auf der die Autos, so schien es, dahinkrochen, viele, viele Stunden lang. Aber er, er flog, und seine Spannung löste sich auf in einem unbeschreiblichen Glücksgefühl. Wir holten ihn mit großem Hallo in Weeze am Flughafen ab. Er war so aufregt, er überschlug sich fast beim Erzählen. Und nach einigen Wochen würden wir ihn wieder dorthin bringen; 15 Kilometer sind es nur.

Alles mutet uns so märchenhaft an. Die Entwicklung, die dieses Volk seit 1989 genommen hat, oder besser noch seit 1980, ist unvergleichlich, und nur aus eigener Kraft, mit Mut und Zuversicht, haben sie es geschafft. Sie haben sich aus der Asche und den Trümmern des Zweiten Weltkrieges erhoben, den Kommunismus ertragen und bekämpft, bis er schließlich in ihrem Land und von dort ausgehend im ganzen Ostblock besiegt wurde. Sie hatten bescheiden gelebt, hart gearbeitet, auf Gott vertraut. Und der polnische Papst hatte sie in ihrem Tun bestärkt.

Wir waren Zeuge eines Märchens geworden. Möge es sich fortsetzen, möge dieses phantastische Volk eines nicht mehr fernen Tages mit den westlichen Ländern auf Augenhöhe sein, in Freiheit, Wohlstand und Fortschritt. Und möge dann dieser Zustand Bestand haben! Polen darf nie wieder so leiden wie in der Vergangenheit, die es hinter sich gelassen hat.

Gott schütze Polen!

Geschichte einer Freundschaft

Wir stehen an der Begräbnisstätte der Familie Underberg in Rheinberg. Mein Mann und ich sind noch einmal hierhergekommen, obwohl ich nicht gern Gräber besuche. Denn dort wohnt nicht der Geist der Toten – das ist meine Überzeugung. Er verharrt nicht auf dem Friedhof. Dennoch können Verehrung und Liebe an den Gräbern zum Ausdruck gebracht werden.

Die Grabstätte atmet Ruhe und Zeitlosigkeit. Ein hoch aufragendes steinernes Kruzifix krönt sie, doch ist sie von Grün überwachsen und so teilweise der Natur zurückgegeben worden.

Das Grab, wegen dem wir gekommen sind, ist das einer guten Freundin von mir, der ich mich, schon seit wir Kinder waren, verbunden fühlte. Das Grab ist schwer auszumachen, denn kein Grabstein, keine Inschrift auf der Kruzifix-Stele macht es kenntlich. Doch an einer der Grabstellen sind einige Blumen gepflanzt. Vielleicht ist es hier?

Eine seltsame Freundschaft hatte uns verbunden, fürwahr! Ich möchte meine Zuneigung und Dankbarkeit zum Ausdruck bringen, indem ich ihre Geschichte erzähle.

Meine Eltern fuhren oft nach Rheinberg zu Carl Underberg, mit dem sie eine tiefe Freundschaft verband, und jedes Mal nahmen sie mich mit. Während die Erwachsenen beisammen waren, verbrachte ich die Zeit stets mit Maja, seiner Tochter. Und so waren wir damals Spielkameradinnen, nichts mehr, denn drei Jahre Altersunterschied trennten uns. Sie lebte bei ihrem Vater, zusammen mit ihren Brüdern Seppl und Carli. Majas Mutter, von ihrem Vater geschieden, habe ich nie kennengelernt. An ihrer Statt umsorgte eine Erzieherin, Fräulein Hesse, die drei Kinder in dem großbürgerlichen Palais in Rheinberg. Wenn ich dort war, beaufsichtigte sie uns beim Spielen und las uns vor.

Maja und mich trennten Welten. Sie war ein selbstbewusstes, aufgewecktes Mädchen, ich ein schüchternes Einzelkind vom Bauernhof, mager und oft kränklich, und ich war ja auch viel jünger. Sie hingegen hatte schon als Kind einen gewissen Pep, um den ich sie glühend beneidete. Auf den großen Bällen, die ihr Vater hin und wieder gab, um seiner Einsamkeit zu entfliehen, bewegte sie sich wie eine kleine Prinzessin, sicher und kokett. Sie tanzte so gerne und gut! Immer forderten junge Männer das Kind, das auch sie ja noch war, zum Tanzen auf, und in ihren Ballerina-Schühchen wirbelte sie anmutig herum. Ich hingegen saß schüchtern und verkrampft am Rande des Ballsaales, sah dem Treiben zu und wünschte mir, ich könnte so sein wie sie. Niemand beachtete mich mit meinem Organdykleidchen, meinen Spangenschuhen und meinen sauber geflochtenen Zöpfen. Sie hingegen hatte einen flotten Pagenschnitt, der sie viel erwachsener aussehen ließ.

An ganz normalen Tagen jedoch, wenn die Eltern Onkel Carl, wie ich ihn nannte, besuchten, kümmerte sich Maja lieb um mich. Manchmal hatte ich den Eindruck, dass auch sie sich einsam fühlte in dem riesengroßen Palais, und so waren wir alles andere als ungern zusammen.

Ich tauchte jedes Mal ein in ihre Welt, ohne dass sie je mit der meinen konfrontiert wurde. In Rheinberg aber spielten wir gern miteinander und planschten im Sommer im Swimmingpool, der in dem schönen Garten hinter dem Palais lag. Hier gab es auch einen großen Zwinger mit sechs oder sieben Neufundländern, die Majas Vater immer dann, wenn alle genug gebadet hatten, freiließ, woraufhin sie sofort unter großem Gespritze in den Pool sprangen.

Maja ritt auch gern. Wie ihre Brüder besaß auch sie einen Haflinger, und ihr Vater machte mit den Kindern schöne Ausritte in

Die kleine Maja mit ihrer Familie bei einem Ausritt am Rhein, 1950er Jahre

den Rheinauen. Doch wir ritten nie zusammen. Ich war damals noch zu klein, hatte noch kein Reitpferd und vergnügte mich mit den Kaltblütern auf unserem Bauernhof. So war diese gemeinsame Liebe leider nie ein Verbindungspunkt zwischen uns.

Maja wurde streng katholisch erzogen, und sie war fromm. Wurden wir abends von Fräulein Hesse ins Bett gebracht, so kniete Maja immer noch vor dem Kruzifix über ihrem Bett und betete: „Abends, wenn ich schlafen geh, vierzehn Englein um mich stehn ..."

Dann bekreuzigte sie sich – und ich bewunderte sie. Waren wir mal sonntags in Rheinberg, so begleitete ich Maja zum Gottesdienst. Wir gingen quer über den hübschen Marktplatz in die alte katholische Kirche. Ich erinnere mich noch gut, wie überwältigt ich war, als ich sie das erste Mal betrat. Sie war so schön! So viel Geborgenheit verspürte man hier. Überall Heiligenfiguren, brennende Lichtlein, der Altar so reich! Alle Menschen knieten und waren andächtig. Es war so ganz anders als bei uns Evangelischen in unseren kahlen Kirchen! Ich wünschte mir, auch katholisch zu sein.

Am Nikolaustag fuhren wir auch immer nach Rheinberg. In der großen Eingangshalle, in der wunderbare Gobelins hingen, warteten Maja und ich gemeinsam mit Onkel Carl, meinen Eltern, Seppl, Carli und Fräulein Hesse auf den heiligen Nikolaus und seinen Gehilfen, Knecht Ruprecht. Mein Herz klopfte bis zum Hals. Dann erschienen die beiden mit großem Getöse, und meine Kehle wurde trocken. Der heilige Mann mit seiner Mitra und dem Bischofsstab war respekteinflößend, Knecht Ruprecht jedoch, der drohend seine Rute schwang und einen dicken Sack auf dem Buckel schleppte, jagte uns Angst ein. Wir Kinder wurden einzeln auf einen großen Lehnstuhl gesetzt, mussten uns unsere Sünden anhören, dann ein Gedicht aufsagen und auch noch singen. Gott, war ich jedes Mal erlöst, wenn es vorbei war und wir nicht in den großen Sack gesteckt worden waren!

So verbrachten wir nicht wenige Stunden unserer Kindheit zusammen, Maja und ich. Nachts, wenn meine Eltern nach Hause fuhren, hob mein Vater mich Schlafende auf, trug mich zum Auto, und zu Hause legte er mich sanft in mein Bettchen.

Viele Jahre später kam Maja für ein einziges Mal zu uns auf den Thelenhof. Sie war damals schon ein Teenager. Ihr Vater brachte sie mit, als er meine Eltern besuchte. Sie erhofften sich wohl ein Fortbestehen, eine Festigung unserer kindlichen Freundschaft. Doch es war zu spät. Maja war inzwischen Schülerin der Marienschule in Xanten, und sie hatte dort ihre Freundinnen gefunden. Unsere Welten waren unterschiedlicher denn je, und wir hatten uns eigentlich schon vorher komplett auseinandergelebt. Ich war zwar noch kein Teenager, aber ein wildes Ding, das nach der Schule nichts Eiligeres zu tun hatte, als hinaus auf den Hof zu kommen und den Männern bei der Arbeit zu helfen, mit den vielen Jungs zu spielen, die unseren Hof täglich bevölkerten, und mit ihnen zusammen die Ackerpferde zu reiten.

Nun also kam Maja einmal mit zum Thelenhof. Ich hatte zwei Kaltblüter schön geputzt, doch sie wollte nicht mit mir reiten. Ich nahm sie mit in die Scheune, aber sie wollte auch keine Saltos ins

Stroh schlagen, und erst recht nicht wollte sie Bullen reiten! So turnte ich ihr etwas vor, und zum guten Schluss gingen wir beide ins Wohnzimmer zurück zu den Eltern – ich natürlich fürchterlich nach Kuhmist stinkend. Wir haben uns nie mehr wieder getroffen. Wir verloren uns ganz und gar aus den Augen und vermissten einander auch nicht. Zeitlich versetzt, erlebte jede von uns ihre Jungmädchenzeit, die Sturm- und Drangjahre auf denkbar unterschiedlichste Weise.

Die junge Maja in ihrem Element – tanzend

Einige Jahre später war sie wie ich auf einem Hochzeitsfest auf Schloss Hugenpoet. Wir sprachen nicht miteinander, aber ich sah ihr beim Tanzen zu und war genauso hingerissen wie zu der Zeit, als wir noch Kinder waren. Sie bewegte sich so graziös, so kokett, sie tanzte so gut! Es war die Zeit der Soulmusik, die Kapelle spielte: „Sitting on the Dock of the Bay" von Otis Redding. Fasziniert sah ich Maja zu, wie sie sich hingebungsvoll zu dieser Musik bewegte, wie in Trance. Man spürte, dass für sie in diesem Moment um sie herum nichts existierte. Sie war eins geworden mit der Musik, dem Rhythmus, dem Text. Ich werde das nie vergessen.

Doch wir wechselten kein einziges Wort, jede von uns ging auch nach diesem Fest ihrer Wege. Ich war zu jener Zeit schon fest liiert und hatte keine Lust, auf der Hochzeit zu bleiben. Vorzeitig fuhr ich einfach weg.

Nur einmal noch, als Maja heiratete, hörte bzw. las ich von ihr. Meine Mutter hatte eine Hochzeitsanzeige erhalten mit einem lieben Brief dazu. Das Hochzeitsfoto zeigte eine charismatische junge Frau mit strahlenden Augen und energischem Kinn; ihr Mann war um einiges älter. „Ein Vaterersatz", sagte meine Mutter, denn sie wusste, wie sehr Maja an ihrem Vater gehangen hatte. Sie schrieben einander noch ein paarmal in den folgenden Jahren, ohne dass ich groß Notiz davon genommen hätte. Ich erinnere mich jedoch noch lebhaft an die Freude meiner Mutter über jeden von Majas Briefen.

„Was für ein liebevoller, warmherziger Mensch sie doch ist!", sagte sie stets.

Dann herrschte wieder lange Schweigen.

Nach fast 50 Jahren, nach fast einem ganzen Leben, das wir fern voneinander geführt hatten, rief sie mich an! Ihre Stimme war rauchig und warm, mir irgendwie wohlvertraut, so wie ihre ganze Art zu sprechen. Sie hatte gehört, dass ich ein Buch geschrieben hatte über mein Leben, hatte es aber bisher nicht gelesen. Es war ihr auch so Anlass genug, einen uralten Kontakt wieder aufzunehmen.

Welch ein wunderbares Erlebnis! Wir tauschten Kindheitserinnerungen aus und waren uns so nahe wie vor langer Zeit. Die Jahrzehnte dazwischen existierten nicht.

Wir sprachen viel von unseren Eltern, die seit langem schon verstorben waren. Sie sprach so liebevoll von den meinen, und es tat mir gut. Ich machte ihr Freude durch meine dankbaren Erinnerungen an ihren Vater, an seine Großzügigkeit, seinen Humor. Wir sprachen von den vielen Neufundländern, von dem Kurzhaardackel Piefken und natürlich auch von Fräulein Hesse – alles längst vergangen, verweht.

Das Underberg-Palais hatte lange leer gestanden, bevor es zum Verwaltungssitz der Firma wurde. Maja kam nur äußerst selten dorthin. Ihr Leben spielte sich in Süddeutschland ab. Sie hatte einen Sohn großgezogen, war von ihrem Mann geschieden, lebte jetzt mit einem Jüngeren zusammen. Ich hatte nicht das Gefühl, dass sie glücklich war. Sie rauchte enorm viel. Während wir sprachen, hörte ich, wie sie tiefe Züge tat und den Rauch in die Luft blies. Sie sagte, dass sie es nicht lassen könne und wolle.

Ich spürte, dass sie alles kennengelernt hatte, was das Leben ausmacht: Sehnsucht, Einsamkeit, aber auch Geborgenheit und Liebe, Erfüllung in der Rolle der Mutter und Ehefrau, Enttäuschung, Bitternis und doch immer wieder das große Glück, das im Geben, nicht im Nehmen liegt. Dies alles spürte ich aus ihren Worten heraus. Nicht etwa, dass sie mir von ihrem Leben erzählt hätte, sie gab nur äußerst karge Auskünfte auf meine Fragen. Aus allem aber, was ihr in ihrem Leben widerfahren war, hatte sie Weisheit, Zuversicht, Gelassenheit und Güte gewonnen, und darüber sprach sie. Ich erzählte ihr, dass es auch in meinem Leben eine Zeit gegeben hatte, in der ich nicht mehr weiter wusste, in der ich mir vollkommen ungeliebt und überflüssig vorkam und Gedanken an den Tod von mir Besitz ergriffen hatten.

„Nein", sagte sie entschieden, „der Mensch ist nie überflüssig, keiner! Alle Menschen haben eine Aufgabe, und sei es nur diese: einem anderen Menschen, der einsam oder traurig ist, zuzulächeln. Oder besser noch: zuzuhören. Du wirst sehen, wie dir das hilft!

Plötzlich spürst du, du hast eine Aufgabe, du wirst gebraucht. Du spürst neue Kräfte in dir wachsen. Lächle der alten Frau, dem einsamen Clochard auf der Straße zu, du wirst sehen!"

Wie viel Lebensweisheit, wie viel gelebtes Schicksal lag in diesen Worten! Ich war wie benommen nach diesem Gespräch. Was das Leben nicht alles für uns bereithält – da ruft dir plötzlich, wie aus heiterem Himmel, ein Engel zu! Den ganzen Tag noch schwebte ich wie auf Wolken.

Sie hatte mir ihre Telefonnummer nicht gegeben, auch nicht ihre Adresse. Aber ich war mir sicher, der Kontakt würde nicht abreißen. Und so war es.

Der Alltag, das immer schneller an uns vorüberrauschende Leben vereinnahmte mich wieder. Andere Eindrücke und Begebenheiten überlagerten das wunderbare Erlebnis von Majas Anruf. Doch merkwürdigerweise musste ich nach etwa einem halben Jahr sehr viel an sie denken, ein, zwei Tage lang. Dann rief sie an. Ich wusste es, als das Telefon klingelte, und auch sie muss den Ruf gespürt haben. Wir sprachen wieder lange, ohne uns groß von unserem Leben zu erzählen. Da war sie wiederum, die alte Vertrautheit, der Klang der tiefen, warmen Stimme. Wieder entließ sie mich voller Glück und in dem Gefühl, etwas Wunderbares erlebt zu haben.

So ging das etwa zwei Jahre lang. Unsere Telepathie funktionierte. Immer, wenn ich nach einigen Monaten intensiv an sie denken musste, ohne dass ich es beabsichtigt hatte – diese Gedanken überwältigten mich regelrecht –, rief sie mich an, und ich wusste es schon beim Klingeln des Telefons. Schließlich bat ich, wir möchten uns doch einmal wiedersehen. Denn sie hatte mir erzählt, dass sie in Rheinberg gewesen war zu einem Familientreffen. Sicher würde sie doch einmal wieder dort hinkommen.

„Ich kenne mich nicht aus am Niederrhein, ich weiß nicht mehr, wo du wohnst", sagte sie. „Du musst mich abholen!"

„Aber das mache ich doch mit großer Freude, Maja!"

Doch erst einmal müsse sie noch in die Klinik, sagte sie mir. Sie habe ein kleines Problem, müsse operiert werden. Danach würde sie mich wieder anrufen und ein Treffen mit mir vereinbaren.

Ein halbes Jahr verging oder auch mehr, ohne dass ich mir groß Gedanken machte.

„Sicher wird der Tag kommen, an dem sie sich meldet", sagte ich mir und lebte mein ausgefülltes Leben unbesorgt.

Dann kam die Zeit, in der ich wiederum viel an sie denken musste.

„Sicher ruft sie bald an", dachte ich und war mir dessen sehr sicher.

Und so geschah es – der Anruf kam. Dieses Mal jedoch war nicht Maja am Apparat, sondern ihr Bruder Seppl. Seppl! Auch ihn hatte ich seit meiner Kindheit nicht mehr gehört, gesprochen.

„Maja hat mir aufgetragen, ich solle dich zu ihrer Beerdigung einladen. Sie ist vor ein paar Tagen gestorben."

Schlucken, Schweigen. Mein Gott! Meine Gedanken überschlugen sich: ihr Rauchen, ihre „Kleinigkeit", die operativ entfernt werden musste. Oh, hätte ich es doch gewusst, hätte ich ihr doch beistehen können in ihren schweren letzten Lebensmonaten! Ich war zutiefst bestürzt. Natürlich wollte ich zur Beerdigung kommen.

Diese war für einige Tage später angesetzt, in Rheinberg. Ein grauer, verregneter Tag, eine neumoderne, im Kreisrund gebaute Friedhofskirche, vorn in der Mitte der Altar, davor der Sarg, und daran gelehnt ein großes Foto von Maja. Was für ein Bild! Maja ganz so, wie ich sie mir vorgestellt hatte: Ihre strahlenden, gütigen Augen beglückten durch ihr intensives und tiefes Leuchten jeden, den sie anschaute. Was für ein Blick! Wie viel Zuversicht, Hoffnung, Trost, wie viel Verletzlichkeit, aber auch Lebensfreude lagen in diesen strahlenden Augen! Dazu ihr energisches Kinn, ihre ganzen Züge, die mir so vertraut waren wie vor 50 Jahren. Immerzu musste ich ihr Bild anschauen.

Majas Strahlen

Zu Beginn der Feierstunde hatte sie sich ein Musikstück gewünscht, das jetzt gespielt wurde, etwas befremdlich für einen Trauergottesdienst: Otis Reddings „Sitting on the Dock of the Bay". Da war es wieder, das Motto ihres Lebens. Der Pfarrer griff das Thema in seiner Ansprache auf: Heiter und gelassen sei sie gewesen und habe dem Leben zugesehen, wie es an ihr vorbeizog. Heiter, ruhig und dankbar habe sie sein wollen, und sie habe nicht versucht, ihrem Leben mit großen Aktionen Gestalt zu geben. Gott würde es schon richten. „Sitting on the Dock of the Bay, watching the Tide roll away …" Ja, es war pures Gottvertrauen, das sie ausstrahlte, das sie beseelte und das in ihren Augen zum Ausdruck kam.

Wir geleiteten den Sarg zur Familiengrabstätte, es regnete. Neben ihrem Vater wurde Maja beigesetzt und neben ihrem Bruder Carli, der auch schon vor Jahren gestorben war. Der Umtrunk fand im Underberg-Palais statt. Nichts hatte sich hier verändert und doch alles. Ich erkannte es nicht so recht wieder – der Geist, der noch vor fünf Jahrzehnten dieses Haus durchweht hatte, war fort. Und mit ihm die Menschen und ihre Zeit.

Aber Dich habe ich doch noch ganz und gar kennenlernen dürfen, Maja! Einen so wunderbaren Menschen wie Dich vergisst man nicht. Du bleibst in meinem Herzen für immer, bis wir uns eines Tages vielleicht doch noch wiedersehen.

Sturm und Drang

Lieber Olivier!

Schön, dass Du uns mal wieder ein Wochenende besucht hast mit Deinen beiden Kindern. Wir sind unsagbar froh, dass es Dir wieder so gut geht und Du auch beruflich auf festen Füßen stehst. Deine Kinder entwickeln sich prachtvoll, Du kannst wahrhaftig stolz sein, vor allem auch auf Dich selbst. Und große Dankbarkeit schwingt mit, wenn wir bedenken, wie Dein Weg verlaufen ist und was Du durchgemacht hast. Auch über Dich wacht ein Engel, genau wie über Deinen Vater.

Mehr als 21 Jahre kennen wir uns nun schon, und ich spüre den Wunsch, einmal einiges aufzuschreiben aus Deiner Jugend, die Du hier bei uns auf dem Thelenhof verbracht hast, bei uns am Niederrhein. Solch eine Sturm- und Drangzeit, wie Du sie durchlebt hast – atemlos, ruhelos – ist es sicher wert, festgehalten zu werden. Ich habe ja auch Dein Okay, also fange ich einfach mal an.

1989 im November seid Ihr, Dein Vater und Du, aus Lyon gekommen – für immer! Dein Vater und ich hatten uns nach 21 Jahren wieder getroffen und wussten beide sofort, dass wir für einander geschaffen sind und es immer waren. Unser beider Ehen waren am Ende, deshalb spürten wir eine ungeheure Kraft, die uns beflügelte. Wir lösten unsere Ehen und begannen gemeinsam ein neues Leben.

Du, Olivier, warst damals 15 Jahre alt, und schon mitten drin im Sturm und Drang. Dein Entschluss, mit Deinem Vater zu gehen, war spontan und fest. Ihr wohntet am Rande der Großstadt Lyon halbwegs im Grünen in einem großen Wohnblock. Schule, Tennisplatz, Skater-Treff, alles hattest Du längst „abgegrast", es schmeckte irgendwie schal. Lebenshungrig, wie Du bist, hast Du Dich nach etwas Neuem gesehnt. Ein fremdes Land, eine neuartige Umgebung kamen Dir gerade recht, und so kamst Du mit Deinem Vater zu mir nach Deutschland, auf einen Bauernhof am Niederrhein, während Dein älterer Bruder seinen Militärdienst begann. Unsere Sprache war Dir fremd, doch das schreckte Dich nicht.

Wir jedoch, Dein Vater und ich, glaubten damals, dass es besser sei, Dich auf ein französischsprachiges Internat zu geben. Das war ein Fehler, den wir später tief bereut haben. So bist Du jeden Sonntagabend tapfer mit dem Zug nach Köln gefahren und weiter nach Rösrath auf die Athénée Royal, eine belgische Schule, die hauptsächlich von Soldatenkindern besucht wurde. Am Freitagabend holten wir Dich immer für ein Wochenende am Bahnhof ab.

Du hast Dich damals gefügt und nicht mit uns über Deinen Kummer gesprochen, obwohl wir spürten, dass Du traurig warst. Spät erst wurde uns klar: Du fühltest dich ausgeschlossen aus unserem Leben, abgeschoben auf diese Schulanstalt. Nach etwa einem Jahr streikte dort die Lehrerschaft. Ihr Schüler wurdet schlicht ausgesperrt.

„Holt mich von hier ab", hast Du uns am Telefon gebeten. „Ich sitze auf der Straße."

Sofort fuhren wir nach Rösrath, und da hocktest Du im Dunkeln alleine vor dem verschlossenen Gittertor der Schule.

„Wo sind die anderen?"

„Sie sind alle schon abgeholt worden, sie wohnen nicht so weit weg. Damit ihr es wisst: Ich gehe nicht wieder zurück!"

Wir meldeten Dich auf dem Uedemer Gymnasium an, auch das ein Fehler, denn Du konntest ja gar kein Deutsch. Trotz dieses Umstands fühltest Du Dich sofort viel wohler, hast schnell viele und feste Freundschaften geschlossen und warst nach kurzer Zeit in eine große und nette Jugendclique integriert. Und Dein Deutsch wurde von Tag zu Tag besser.

Freilich, die Schule! Der ganze Stoff in fremder Sprache war zu viel für Dich, da nützte Dir auch die Eins in Französisch nichts. So hast Du „auf Durchzug" geschaltet und nicht mehr mitgearbeitet. Wir glaubten damals, Dich unterstützen zu müssen. Dein Vater arbeitete die Woche über in Frankreich. Und so war ich es, die Deine Schularbeiten überwachte und die Dich zweimal die Woche nachmittags nach Goch zur Schülerhilfe karrte. Ich ließ Dich an der Tür heraus und winkte Dir noch zu. Nach einigen Monaten bekam ich einen Anruf: „Sie haben doch Ihren Sohn bei uns zur Schülerhilfe angemeldet, wann kommt er denn nun? Wir warten seit einiger Zeit auf ihn!"

Na klar doch, ich hätte es mir denken können: Jedes Mal, wenn ich Dich an dem Gebäude an der Brückenstraße herausließ, hast Du aufgepasst, bis ich um die Ecke verschwunden war, und dann bist Du schön in der Stadt flanieren gegangen. Holte ich dich wieder ab, standest Du selbstverständlich schon wartend an der Tür. Ich Dummkopf!

Kaum lebtest Du richtig bei uns in Uedem und gingst auch hier zur Schule, begannen junge Mädels, sich bei uns die Klinke in die Hand zu geben. Und sehr schnell hattest Du Deine erste feste Freundin am Niederrhein. Sie hieß Penny, war Italienerin und fünf Jahre älter als Du. Sie war sehr nett und tat Dir gut. Ich glaube, es gab nicht ein einziges Mädel, das nicht für Dich schwärmte.

Nach unserer Hochzeit gaben Hubert und ich ein Einstandsfest, und Du hast mit Jung und nicht mehr ganz so Jung getanzt und geknutscht. Die Frauen waren hingerissen. Auch eine lesbische Reiterkameradin war begeistert. Sie rief: „Ja, wenn alle Männer so wären wie der – ja dann …"

„Um den braucht ihr euch keine Sorgen zu machen," sagte ein alter Reiterfreund lächelnd zu mir. „Der ist in Ordnung, und aus ihm wird mal was Gutes."

Ich muss gestehen: Seine Worte haben mich zwar gefreut, doch so recht glauben mochte ich ihm nicht.

Auf Penny folgte Angie, und auf Angie folgte Nicki, eine frech-fröhliche Jugoslawin, die wir sehr gern hatten. Sie ließ sich von Dir auch nicht allzu viel gefallen, sie packte Dich an der Nase und rief: „Mit mir machst du das nicht!"

Dein Vater und ich hatten zu der Zeit schon mehr Platz geschaffen, indem wir anstelle des alten Schweinestalles eine Zweizimmerwohnung gebaut hatten. Adelheid, meine Älteste, war ja inzwischen auch zu uns gezogen. Und dort, im „Schweinestall", wie wir ihn immer noch nannten, ging es dann auch entsprechend hoch her. Dein Vater, der die Pferdeboxen täglich mistete, schaute den Mädels, auf seine Gabel gestützt, neugierig bis empört hinterher, wenn sie hocherhobenen Hauptes durch die Tenne stolzierten und geradewegs im Schweinestall verschwanden.

„Aber die hat mich gar nicht gegrüßt!", beschwerte er sich jedes Mal.

„Die halten dich für den Stallburschen hier, und sie haben nicht gelernt, dass man den auch zu grüßen hat", entgegnete ich.

Dein Vater ging aber auch gerne mal gucken. Leise schlich er mit seinen Gummistiefeln in den Schweinestallflur und schaute um die Ecke. Sein entrüstetes Erstaunen ließ mich immer schmunzeln.

„Die liegen ja zu zweit in der Badewanne!"

Oder: „Die liegen ja im Bett!"

Jedes Mal schwang auch Stolz in seiner Stimme mit.

„Es ist ja auch mein Sohn!", sagte er dann.

Kam am Wochenende jedoch Adelheids langjähriger fester Freund zu Besuch und verschwand mit ihr in ihrem Zimmer, so entrüstete er sich: „Also, wenn das meine Tochter wäre, würde ich ihr das nicht erlauben!"

Ach ja, die Sturm- und Drangjahre! Wie oft wummerte aus Eurer Wohnung die Techno-Musik so laut, dass die Wände unseres alten Hauses vibrierten. Am Wochenende war Disco-Time. Frisch geduscht, eingedieselt und gegelt seid Ihr abgerauscht, Deine jeweilige Freundin und Du, und Ihr machtet das „Limit" oder das

„World-Center" in Kleve unsicher, manchmal auch das „E-Dry" in Geldern. Oder Ihr triebt Euch in Nimwegen herum. Am nächsten Tag war erst mal Ruhe, Ausschlafen war angesagt bei euch jungen Leuten, und den Vormittag hatten Hubert und ich immer für uns.

Du warst tierlieb. Benjamin, unser Wolfsspitz, war alsbald Dein Freund und schlief oft in Deinem Zimmer. Gab es Gewitter, schlief er vor Angst gar in Deinem Bett. Wie der Hund es ausgehalten hat bei Dir in Deiner total verqualmten Bude, ist mir ein Rätsel. Der Aschenbecher lief ständig über vor Kippen, denn ich weigerte mich, ihn zu säubern. Du tatest es aber auch nicht.

Olivier mit Wolfspitz Benjamin, 1991

Auch die Pferde mochtest Du. Mit Seppl, unserem Shetlandpony, hast Du uns manches Mal die komischsten Lachnummern geliefert, wenn er mit allen Tricks versuchte, Dich abzustreifen, in den Sand oder in eine Pfütze zu setzen, Du aber – schwupp – wieder aufgesessen bist. Er wurde dann immer wütend und raste mit Dir los, wie wild buckelnd, bis Du schließlich doch den Kürzeren zogst. Später hast Du Brabant geritten, einen willigen Trakehner, mit dem Du aber am liebsten nur galoppieren und springen wolltest. Von langen Aufwärm- oder Abkühlschrittphasen wolltest Du nichts wissen, bis er schließlich dämpfig wurde und Du Reitverbot bekamst.

Dann verlagerte sich Dein Interesse auf Autos. Mein Isuzu-Trooper wurde auf dem Hinterhof durch den Matsch gejagt, dass es nur so krachte. Dabei hattest Du mich gefragt, ob Du ihn waschen dürftest, und ich hatte freudig bejaht. Und im Herbst durftet Ihr auf den Stoppelfeldern crossen, mit irgendwelchen alten Autos von den Polen.

Und die Schule war für Dich kein Thema mehr. Für uns auch nicht, wir hatten schlicht kapituliert, nachdem ich Dich noch ein halbes Jahr lang nach Kleve zur Privatnachhilfe gefahren habe, Du dieses Angebot aber auch boykottiertest. Und all die unzähligen Stunden, die Dein Vater mit Dir des Nachts in der Küche gesessen und diskutiert – besser: dich angeschrien – hat, Du mögest doch endlich verstehen, dass Du ohne Schulabschluss keine Chance hast im Leben – dieser ganze kräftezehrende Einsatz hatte nichts genützt.

Eines Tages bekamen wir eine Vorladung zur Lehrerversammlung in die Schule, mit Dir zusammen. Da saß die komplette Lehrerschaft und wartete schon auf uns! Ein jeder von ihnen trug seine Erfahrungen mit Dir und seine Beurteilung vor, und dann hieß es, Du müssest auf die Hauptschule wechseln.

Hauptschule – warum nicht? Längst hattest Du auch dort Freunde, und der Stoff wäre für Dich sicherlich leichter zugänglich.

Spaß ohne Ende: Olivier, Adelheid und Patrick, dahinter Georg, beim Ausmisten, 1992

Mittlerweile war Dein Deutsch eigentlich gut, aber auf dem Gymnasium warst Du schlicht überfordert. Du hast leichten Herzens die Schule gewechselt, und – siehe da – plötzlich freudig und freiwillig gelernt. Für die Ansprüche der Hauptschule reichten Deine Deutschkenntnisse, und Du bekamst zum ersten Mal in Deinem Leben gute Noten. Die Lehrer mochten dich. Hubert und ich waren enorm erleichtert. Dir ging es ebenso, denn kaum ging es in der Schule gut, wurdest Du noch viel übermütiger …

Dabei hattest Du uns weiß Gott auch bisher schon tagein, tagaus in Atem gehalten. Kaum ein Tag, an dem Du nicht irgendeine Dummheit gemacht hattest. Als Du einmal mit Adelheid servieren solltest, weil wir Gäste hatten, hast Du sieben (!) Teller vom schönen blau-weißen Kopenhagener Porzellan auf einmal fallen lassen! Als ich in die Küche stürzte und ein entsetztes Gesicht machte, kam von Dir nur ein übermütiges: „Es ist Frühling!"

Dass wir Dich nie wieder bitten würden zu kellnern, war Dir sicher. Kaum hatten wir in der Küche neue Arbeitsplatten bekommen, hattest Du schon Zigaretten darauf ausgedrückt und sie mit dem Brotmesser zerkratzt. In den neuen Gästezimmern hattest Du im Handumdrehen ein Loch in den Parkettboden gebrannt, auch mit Zigarettenkippen, und Dich auf das Fensterbrett gesetzt, so dass es seitdem wackelt. Und so weiter und so fort.

Aber da war auch Deine andere Seite: Plötzlich, aus eigenem Antrieb, hast Du mein Nähkästchen hübsch neu geordnet, mit Nadel und Faden Deine Kleidung ausgebessert, Deine Schuhe geputzt. Du hast unter meiner Anleitung Weihnachtsgeschenke gebastelt, und Du warst immer sehr hilfsbereit. Vor allem aber warst Du liebebedürftig.

Du warst ein liebenswerter Chaot, hast immerfort für neue Aufregung gesorgt. Waren wir einmal nicht zu Hause, hast Du sogleich alle Deine Freunde eingeladen und Party gemacht, in unserem Wohnzimmer. Kamen wir wieder heim – wie sah es dort aus! Der Kamin hatte gequalmt, weil Du die Klappe nicht aufgemacht hattest, und alles war schwarz. Dinge waren zerbrochen. Ich war oft wütend.

Und dann auch diese Geschichte: An einem Augustwochenende wurde in Uedemerfeld das Schützenfest gefeiert. Dein Bruder Yorick verbrachte die Ferien hier, Hubert und ich waren an dem Wochenende eingeladen. So machten wir Euch den Vorschlag, doch ins Schützenzelt zu gehen.

Olivier mit seinem Bruder Yorick, 1994

„Es ist immer eine so tolle Stimmung dort, lauter nette junge Leute, genau das Richtige für euch! Und es wird viel getanzt. Sicher werdet ihr euch dort wohlfühlen!"

Womit wir nicht gerechnet hatten: Ihr nahmt noch drei weitere Freunde mit, Manfred aus Weeze, Patrick aus Uedem und Konrad aus Kleve. Zu fünft seid ihr mit dem Fahrrad zum Schützenfest gefahren. Am Montag waren Hubert und ich wieder zurück und fragten mal nach, wie es war.

„Gut!", war die lakonische Antwort.

Mehr bekamen wir nicht heraus.

Wochenlang ging alles seinen gewohnten Gang, dann stand plötzlich eines Abends Theo, ein alter Reiter- und Vereinskamerad von mir, in unserer Küche. Auf seinem Hof wird das Schützenfest immer organisiert und in seinem Zeltbau gefeiert.

„Ich habe da mal eine Angelegenheit aufzuklären", begann er, und ich bat ihn, sich zu setzen.

„Sind Huberts Söhne da? Ich muss sie sprechen!"

Wir holten Yorick und Olivier und setzten uns alle zu Theo an den Küchentisch.

„Bis heute habe ich gewartet, dass ihr mir den Schaden ersetzt, doch nichts ist passiert. Entweder, ihr regelt das jetzt, oder ich muss doch noch zur Polizei gehen!"

So sprach Theo, und Hubert und ich verstanden überhaupt nichts mehr.

„Die Jungs haben auf dem Schützenfest mindestens an zehn Autos die Reifen zerstochen."

„Wie bitte? Aber wie kommt ihr denn auf solch eine Idee?"

„Ooch, nur so aus Übermut. Wir hatten vielleicht zu viel getrunken", sagte Olivier.

Yorick war still. Wir fielen aus allen Wolken.

„So etwas macht ihr? Ja, seid ihr denn von Sinnen?"

Theo merkte, dass wir von nichts eine Ahnung gehabt hatten.

„Ich muss dazu sagen, euer Ältester – wie heißt er noch gleich? – hat alles wieder in Ordnung gebracht. Er ist am nächsten Tag mit dem Fahrrad gekommen, hat die Reifen, die er zerstochen hatte, von den Autos abmontiert und zur Werkstatt gebracht. Dann hat er sie wenig später wieder anmontiert. Yorick hat seine Schuld getilgt, es ist gut jetzt. Aber Olivier, wenn du nicht sofort und endlich die ganzen restlichen Reifen reparieren lässt, kommen eine Anzeige und Schadenersatzforderungen auf dich zu! Und dann bist du vorbestraft!"

„Aber ich bin nicht schuld, ich habe nur mitgemacht, angestiftet hat uns ein anderer!"

„Du bist schuld, ich habe dich doch gesehen!", rief Theo. „Und jetzt sofort wirst du das zugeben!"

„Ich war nur Mitläufer, wie die anderen auch. Der Anstifter war ich nicht!"

„So, dann holst du deine Freunde jetzt sofort hierher! Ich bleibe solange hier sitzen, bis alle da sind, und dann wird Klartext gesprochen!"

Und so trudelten nacheinander Patrick und seine Eltern aus Uedem, Manfred aus Weeze mit seinen Eltern und Konrad aus Kleve mit seinem Vater ein. Letzteren kannte ich aus meiner Jungmädchenzeit von den Corpsfesten in Bonn und Göttingen, ich hatte ihn seit über 24 Jahren nicht gesehen. Und nun begegneten wir uns aus einem solchen Anlass wieder! Auch die Eltern von Patrick, Oliviers bestem Freund, lernten wir auf diese seltsam-peinliche Weise kennen.

Unsere Sitzung am großen Küchentisch verlief halb gesellig, halb ernsthaft verärgert. Alle sagten im Brustton der Überzeugung: „Mein Sohn tut so etwas nicht! Nie würde er so etwas tun!"

Nur Hubert und ich beteiligten uns nicht an diesen Sprüchen. Theo ließ nicht locker: „Entweder wir klären diese Sache hier heute Abend auf und ihr leistet Schadensersatz, oder ich gehe zur Polizei!"

Den Eltern von Patrick und Manfred und auch Konrads Vater war gar nicht wohl, Hubert und mir aber auch nicht. Du, Olivier, betontest immer wieder, dass Dich lediglich eine Teilschuld träfe, nanntest aber keine Namen.

Schließlich wollte Theo nicht länger unsere Gastfreundschaft in Anspruch nehmen – unsere Bier- und Limonadenvorräte waren inzwischen erschöpft – und nahm uns alle mit hinüber in sein Haus. Dort geriet unsere Versammlung vollends zum gemütlichen Beisammensein. Das Bier floss reichlich, wir Eltern waren gelöst und fröhlich, die Jungen betreten.

Nach langem Beteuern – „Mein Sohn ist unschuldig!" – „Dann gehe ich zur Polizei!" – brach Manfred endlich sein Schweigen: „Ich war es!", sagte er kleinlaut. „Ich habe fast alle Reifen zerstochen und die anderen angestiftet, es auch zu tun. Konrad hat nicht mitgespielt, Yorick nur kurz, und Olivier und Patrick haben nur die Luft rausgelassen aus den Reifen, aber dann bekamen sie Angst."

Ah, da war es heraus! Niemand von den Jungs hatte ihn verraten, sie hatten stundenlang gewartet, wie wir auch, bis er selbst alles erzählte. Große Erleichterung allenthalben!

Alle Eltern zückten ihre Portemonnaies und gaben Theo den Betrag, den er forderte – es war lächerlich wenig. Wir verabschiedeten uns freundschaftlich wie nach einer gelungenen Feier und nicht ohne zu betonen, dass die Jungs ihr Geld abarbeiten müssten.

Nie wieder jedoch haben wir Dir, Olivier, empfohlen, ein Volksfest zu besuchen. Das hast Du später ganz von selbst getan und noch ganz andere Dummheiten gemacht.

Einmal, im Januar, hatte Deine Freundin Angie Geburtstag, und Du wolltest unbedingt in unserem Pferdestall eine Fete für sie geben. Wir aber wollten um diese Zeit in die Skiferien und hatten äußerste Bedenken. Du aber bliebst hartnäckig. Maria, unsere Freundin und Nachbarin, hatte damals ihre Pferde noch in unserem Stall stehen, es waren hochtragende Stuten. Sie sagte sehr bestimmt, eine Jugendfete im Stall käme nicht in Frage. So hast Du die Fete in Eurer Wohnung, dem „Schweinestall", organisiert. In der Waschküche zwischen Schweine- und Pferdestall war der Tresen geplant. Maria erklärte: „Ich bleibe die ganze Nacht da und halte Wache bei meinen Stuten!"

Wie segensreich dieser Entschluss war, werden wir noch sehen.

Hubert und ich waren also fort, die Fete stieg, jede Menge junge Leute kamen, Unmengen von Bier und sonstigem Niedrig- bis Hochprozentigem flossen, die Musik wummerte und dröhnte, und Maria passte auf, dass die Tür zum Pferdestall immer hübsch geschlossen blieb. Sie fühlte sich wohl zwischen den Jugendlichen und feierte kräftig mit.

Irgendwann um Mitternacht ging sie mal wieder nach ihren Stuten schauen. Alles war ruhig dort, doch vor den Boxen lag auf dem blanken Betonboden unser Freund Konrad aus Kleve – im Alkoholkoma. Draußen herrschte Frost, im Stall war es sehr kalt, und der Beton war es erst recht. Maria holte sich einen jungen Mann zu Hilfe, und gemeinsam schleppten sie Konrad in das Lehrlingszimmer an der Tenne, wo sie ihn unter die eiskalte Dusche setzten, damit er wieder zu sich kam. Sie ließen ihn dort sitzen und gingen wieder feiern.

Irgendwann, ein oder zwei Stunden später, fiel es Maria siedend heiß ein: „Der Konrad! Ob er wohl aufgewacht ist?"

Sie lief sofort nachschauen, und da hockte Konrad in sich zusammengesunken und erbärmlich schlotternd immer noch unter der kalten Dusche. Er bekam von alledem nichts mit. Marias Schreck war groß, schnell zog sie ihm die nassen Sachen aus, rubbelte ihn ab und wuchtete ihn auf das Lehrlingsbett, auf dem jedoch leider keine Bettdecke lag. Woher nehmen? Sie griff zum schmutzigen Bettvorleger, rollte Konrad hinein und ließ ihn schlafen.

Am nächsten Morgen kam sie gleich nachsehen. Konrad lag noch genauso da, wie sie ihn hingelegt hatte, und rührte sich nicht. Da war es wirklich besser, seinen Vater in Kleve anzurufen, der sogleich herbeigeeilt kam und seinen Sohn abholte. Zu Hause sehr streng erzogen, war dies wohl Konrads kritischste Bekanntschaft mit Alkohol, die er nichtsahnend gemacht hatte, und natürlich war es mal wieder bei Dir, Olivier, und bei uns auf dem Thelenhof passiert!

Als wir aus den Bergen zurückkamen, bot sich uns ein wüstes Bild: Abgebrochene Stuhlbeine, Küchenmesser, Glasscherben – alles Mögliche lag auf dem Hofplatz herum. Du aber verkündetest stolz: „Es war eine supergeile Fete! Und wir haben alles wieder aufgeräumt und geputzt."

Und dann hörten wir auch noch diese Geschichte von Maria. Gott, war uns das wieder peinlich! Deinen Freund Konrad haben wir danach nie wieder auf dem Thelenhof gesehen; mit Sicherheit hatte er Hausverbot bekommen.

So ging es immerfort. Nicht eine Woche, in der Du uns nicht auf irgendeine Weise in Atem hieltest. Du hattest mit 16 Jahren Deinen Rollerführerschein gemacht und Dir einen Motorroller zusammengespart. Fortan hast Du Dich noch freier gefühlt und bist überall hingebraust. Saßen wir noch beim Essen, so warst Du längst fertig und liefst ungeduldig in flottem Tempo immer in der Küche auf und ab. Wir ließen Dich laufen – wie ein wildes Tier hinter Gittern. Aber Du durftest das Haus erst verlassen, wenn die Mahlzeit beendet war.

Das Autofahren reizte dich besonders. Eines Tages kamen Hubert und ich von einem Ausritt zurück. Da sahen wir unseren Isuzu-Trooper auf dem Hofplatz an einen Baum gesetzt und das anscheinend mit gehörigem Schwung, denn die Karosserie war auf der betreffenden Seite Schrott. Sofort kochte die Wut hoch. Ich brüllte: „Olivier!"

Du erschienst kleinlaut mit Deinem afrikanischen Freund Marcel, der an dem Tag zu Besuch war. Wir waren noch gar nicht von den Pferden abgestiegen.

„Wer von euch war das? Wie seid ihr überhaupt an den Schlüssel gekommen?", stieß ich bebend vor Wut hervor.

„Marcel ist gefahren", sagtest Du kleinlaut.

„Marcel?", schrie ich. „Wie seid ihr an den Schlüssel gekommen?"

„Ich habe ihn genommen, aus deiner Handtasche im Schlafzimmer", kam die Antwort von Dir.

Da rutschte mir die Hand aus. Vom Pferd herab zog ich Dir eins mit der Reitgerte über, denn für mich warst Du der Hauptschuldige. Einen Autoschlüssel zu stehlen, das war wirklich ein Delikt!

„Marcel, du holst sofort deine Eltern her!", herrschte ich ihn an.

Er wäre am liebsten im Erdboden versunken. Der frische Kies auf dem Hofplatz war von ihm nicht eingeplant worden, er war viel zu schnell um die Scheunenecke gefahren und dabei seitlich an den Baum geschleudert. Es wurde telefoniert, Marcels Eltern kamen – wir kannten das ja schon: „Mein Sohn tut so etwas nicht!"

„Doch, leider!", erwiderte Marcel kleinlaut. „Olivier hat mir den Schlüssel gegeben und gesagt: ,Fahre schon mal ein bisschen, ich komme dann später dran.' Und da ist es passiert."

Marcels Eltern waren sichtlich verärgert, wie wir auch. Nun war es an uns, zu sagen: „Entweder Schadensregulierung oder Polizei!"

Sie regulierten den Schaden.

„Marcel, du wirst das bei uns abarbeiten!"

Und irgendwann wuchs auch über diese Geschichte Gras.

Heute ist Dein Freund Chirurg an der Charité in Berlin. Wir sind immer wieder erstaunt, was aus den ungestümen jungen Leuten später wird. Dabei sind sie es ja, die alle Eigenschaften mitbringen, sich durchs Leben zu kämpfen!

Aber noch war es nicht soweit bei Dir, im Gegenteil. Wir fragten uns so oft tief besorgt, was aus Dir wohl einmal werden sollte. Immerhin hast Du die Hauptschule dann ja locker absolviert und mit einem weiterführenden Abschluss in der Tasche beendet, nicht ohne Stolz. Zu der Zeit warst Du schon mit Kerstin zusammen, einer sieben Jahre älteren Schuhdesignerin aus Kleve. In der Disco hattest Du sie kennengelernt und am nächsten Morgen erklärt: „Jetzt habe ich eine feste Freundin für sehr lange Zeit!"

Kerstin war die Tochter des Polizeipräsidenten von Kleve, der längst Bekanntschaft mit Dir gemacht hatte. Natürlich war er wenig erbaut, als Kerstin ihm eröffnete, wen sie sich als Lebenspartner ausgesucht hatte. In Kleve war es gewesen, beim Karnevalsumzug am Rosenmontag, als unser Olivier Bekanntschaft mit der Polizei machte. In Kleve lebten ja die meisten Deiner Freunde, die Du seit Deiner Zeit auf dem Uedemer Gymnasium hattest. Also habt Ihr zusammen ausgelassen den Umzug gefeiert. Und irgendwann bist Du – fast nackt – auf einen Laternenmast geklettert und hast begonnen, ihn hin- und herzuschwingen. Schließlich knickte er ein, die Polizei war schon da, und Du bist schnell vom Mast herunter und geflüchtet. Zwischen den Menschenmassen war das relativ leicht, die Polizisten konnten Dich nicht so schnell verfolgen, wie Du ihnen immer wieder entwischtest.
Dann hast Du Dich in ein Kellerlokal gerettet, wo Du sofort mit einem Mädel engumschlungen getanzt und ihre Perücke wie zum Spaß aufgesetzt hast – und ihre Sonnenbrille auch. Die Polizisten kamen in das Lokal, spähten in die Runde – und erkannten Dich nicht. Später, am Abend, seid Ihr in großer Clique in die Disco gezogen, wieder in ordentlichen Klamotten. Doch die Polizei war noch hinter Dir her. Ahnungslos, ohne Verkleidung, hast Du getanzt, und schwupp – da hatten sie Dich! Den Rest der Nacht hast Du auf der Wache verbracht und dort auch Bekanntschaft mit Kerstins Vater gemacht, der Dich verhörte. Den Laternenpfahl durftest Du ersetzen.

Kerstin also gehörte nun auch zu unserer Familie. Wir hatten sie gern, und wir merkten wieder einmal, dass eine feste (und ältere) Freundin einen mäßigenden Einfluss auf Dich ausübte. Ihr wart unzertrennlich.

Einmal kam Yorick für ein paar Tage zu uns. Er ist so ganz anders als Du, liest sehr viel, hört gute Musik, ist introvertiert. Abends mit in die Disco zu gehen, das interessierte ihn nicht. Meist blieb er lieber in Ruhe bei uns. Einmal jedoch, es war der Abend vor Himmelfahrt, hat er sich breitschlagen lassen. Ihr zogt los ins World-Center nach Kleve. Hubert und ich gingen schlafen. Morgens um vier Uhr schellte das Telefon, Du warst am Apparat: „Yorick ist weg, wir suchen ihn schon seit einer Stunde. Ist er bei euch?"

Ich war sofort hellwach, ging nachschauen. Kein Yorick! Ich weckte Hubert, dann rief ich die Polizeiwache in Kleve an, dort war er auch nicht. Ich rief im Klever Krankenhaus an, aber dort hatte es keine Noteinlieferung gegeben. Was tun? Wir zogen uns an und fuhren nach Kleve. Es war schon hell, ein wunderschöner Morgen begann, doch wir waren beklommen.

„Wo ist er nur? Was, um Himmels Willen, ist passiert?"

Unterwegs sammelten wir noch junge Leute ein, die zu Fuß von Uedem nach Kleve marschierten, 17 Kilometer weit!

„Woher kommt ihr denn?"

„Von der Landjugendfete bei euch in Uedemerfeld", war die Antwort.

Wir lieferten sie in Kleve ab und fuhren klopfenden Herzens in die Unterstadt zur Disco. Gott sei Dank, da standet Ihr alle miteinander und habt auf uns gewartet.

„Was ist passiert? Wo warst du, Yorick?"

„Ich war müde, wollte schlafen, da habe ich Kerstin um ihren Autoschlüssel gebeten und mich auf dem Rücksitz schlafen gelegt."

„Ja und? Habt ihr denn nicht im Auto nachgeschaut?"

„Doch, klar, aber er war nicht in Kerstins Auto. Auf dem Riesenparkplatz hat er es mit einem anderen, gleichfarbigen Fiat verwechselt, und der Schlüssel passte."

„Und viel später kam der Besitzer des Wagens und war total erbost, dass da jemand auf seinem Rücksitz schlief. Er wollte mich mit zur Polizei nehmen wegen Aufbruch eines Wagens", erzählte Yorick.

„Egal, alles ist gut! Kommt jetzt mit nach Hause. Herrje, was ist bloß immer los!"

Immerfort hast Du für Aufregung gesorgt, Olivier! Obwohl Du an Kerstins Seite merklich ruhiger wurdest. Du bist nicht mehr herumgetingelt, warst in festen Händen. Und wie! Du hast den besagten Hauptschulabschluss geschafft und augenblicklich Deine Sachen gepackt, Deine Matratze in Kerstins kleines Auto gestopft und bist mit ihr ohne großes Federlesen nach Pirmasens gefahren. Dort hatte sie eine gute Stelle als Schuhdesignerin bekommen und Du gingst einfach mit.

„Aber du musst auf eine Fachhochschule oder eine Lehre machen, Olivier!"

„Ja, ja, ich suche mir schon was!"

Nur weg, fort von hier! Auch hier war es Dir längst zu eng geworden. Ich sehe noch Deinen Vater dastehen, wie vom Donner gerührt, und Dir fassungslos nachblicken, als Du mit Kerstin vom Hof fuhrst.

Zwei Jahre hast Du in Pirmasens mit Kerstin gelebt und dich mit Jobs über Wasser gehalten. Wir haben euch natürlich dort besucht, wie Eltern es eben so machen. Dann endlich wuchs die Einsicht, dass Du, ohne etwas zu lernen, wohl nicht weit kommen würdest im Leben. Immerhin, die Einsicht kam! Ihr kamt zurück. Kerstin arbeitete wieder in Kleve, Ihr nahmt Euch eine Wohnung, und Du hast bei einer Klever Firma eine kaufmännische Lehre begonnen. So weit, so gut. Ein Jahr etwa hieltest Du das durch, aber die Arbeit in der Firma war Dir zu fade, die Berufsschule zu schwer, das Leben an Kerstins Seite zu gutbürgerlich. Du hattest es satt, und eines Tages warst Du weg, einfach so. Keiner wusste, wo Du warst. Du wusstest wahrscheinlich selbst nicht so recht, wohin Du gehen solltest. Auf jeden Fall musste etwas Neues her! Hubert und ich waren wie zerschmettert.

Zuerst hast Du Dich in Paris umgesehen, wie wir später erfuhren, dann bist Du aber doch wieder in Lyon gelandet. Dort hatte Deine Mutter einen guten Einfluss auf Dich, Du hast wieder eine kaufmännische Lehre mit gleichzeitigem Praktikum begonnen – und durchgehalten und die Lehre abgeschlossen. Zwei Jahre Bangen, Daumen drücken, hurra!
Sofort bekamst Du ein Angebot aus Deutschland, aus Frankfurt, Dein akzentfreies Deutsch war beeindruckend. Und so zogst Du nach Frankfurt am Main, und natürlich brachtest Du ein Mädel mit. Du hattest sie in Lyon kennengelernt. Aus sogenanntem guten Hause stammend, war sie streng katholisch erzogen. Sie brüskierte ihre Eltern furchtbar, indem sie mit Dir ging und Ihr später „nur" standesamtlich geheiratet habt. Du batest uns, wir möchten Dir Dein Gebetbuch schicken.
„Oh", dachten wir, „was ist denn jetzt los?"
Tatsächlich bist Du jeden Sonntag brav mit ihr in die Kirche gegangen.
„Das kann nicht lange gut gehen!", sagten wir oft.

Dann kam der Sommer, in dem Dein Vater schwer verunglückte. Ihr Brüder seid beide die ganzen Ferien über, fünf Wochen lang, an meiner Seite, vor allem an der Seite Eures Vaters geblieben, und das werde ich Euch nie vergessen! Deine Verlobte jedoch, die auch mitgekommen war, hat mir in der ganzen Zeit nicht ein bisschen geholfen. Unter dem Vorwand, sie hätte Urlaub, ließ sie sich bedienen, es war unglaublich.
Als Euer Vater genesen war, habt Ihr Brüder beide im selben Sommer geheiratet. Bei Deiner Hochzeit war uns gar nicht wohl. Das war alles nicht Dein Stil, was da ablief. So pompös! Hubert konnte es sich nicht verkneifen, eine Hochzeitsrede zu halten, die gespickt war mit Deinen zahllosen Dummheiten, und mit den Worten zu schließen: „Pass auf, meine liebe Schwiegertochter, ich

Olivier mit seiner Tochter Albane, 2008

lege jetzt die Verantwortung in deine Hände! Und solltet ihr einen Sohn bekommen, wirst du alles ganz genauso erleben!"

Ihr bekamt zuerst ein Mädchen, dann einen Jungen. Und schon früh merkte man an seinem Temperament, dass er so ist wie Du.

Du warst ein großartiger Vater, dazu fleißig im Beruf, Du stiegst auf der Karriereleiter ständig höher. Nach außen hin lief alles gut, aber Du versteinertest, Olivier. Du warst nicht mehr, wie wir Dich kannten und liebten, lebendig, wild. Nein, Du warst wie abgestorben, leblos, starr. Und das jahrelang. Es wurde immer schlimmer. Du hast es nicht ausgehalten mit Deiner Frau, und wir hielten es nicht aus, Dich so zu sehen.

Eines Tages dann die Nachricht: „Ich bin ausgezogen. Wir haben uns getrennt!"

Wir spürten Erleichterung, zugegeben. Wenn auch die Kinder immer die ewige Sorge sind. Mit der Zeit glätteten sich die Wogen. Ihr habt die Kinder jeder eine halbe Woche, kümmert euch liebevoll um sie, geht aber ansonsten Eurer Wege.

Dein Weg führte steil bergauf. Beruflich lief es großartig für Dich, aber Du hast für Deinen Erfolg auch hart gearbeitet. Dazu das Rauchen, der Alkohol, die durchgefeierten Nächte. Es machte uns Sorgen, dass Du immer mehr zunahmst, obwohl Du doch sportlich so aktiv warst.

Schließlich fühltest Du Dich immer matter, so matt, dass Du irgendwann zum Arzt gingst. Der bekam einen Riesenschreck: „Sie müssen sofort zum Herzspezialisten!"

Im Herzzentrum der Uniklinik Frankfurt wiederholte sich die Szene. Der Kardiologe bekam einen Riesenschrecken: „Sie müssen auf der Stelle operiert werden!"

Du hattest ein lebensgefährlich großes Aneurysma an der Aorta, es konnte jeden Moment platzen – und das wegen einer defekten Herzklappe, die das sauerstoffreiche Blut immer zur Hälfte in die Aorta zurückfließen ließ.

Was muss das für ein Schock für dich gewesen sein, Olivier! Immer gingst Du „oben lang", warst nicht totzukriegen, stecktest voller berstender Energie und voller Lebenslust. Dann die bleiernen Ehejahre. Haben sie Dir das Herz gebrochen? Der Gedanke, dass Du eigentlich schon hättest tot sein können, ganz plötzlich, in Sekunden, ließ dich erschauern.

Bis zur Operation hattest Du große Angst, und es war eine neue Erfahrung für dich, dem Tod ins Auge blicken zu müssen. Yorick war an Deiner Seite. Er hatte sich Urlaub genommen und half Dir über die bangen Tage bis zur OP hinweg. Dann kamen wir, wir lösten einander ab. Da lagst Du so zerschmettert, es war jammervoll. Dein Brustkorb schmerzte, Du warst deprimiert. Es war schlimm, was Du durchmachen musstest. Deine alten Großeltern kamen extra aus Paris, um dich zu besuchen. Deine Kollegen aus der Firma versuchten, Dich aufzumuntern. Aber das hat Dir Deinen Weg durch die Hölle nicht verkürzt. Auch Deine Rekonvaleszenz verlief nicht ohne Probleme.

Kurzum, Du hattest einen ernsten Warnschuss bekommen, der Dich um ein Haar das Leben gekostet hätte. Grund genug, über sein Leben nachzudenken. Und das tatest Du:
Was erwarte ich vom Leben? Wie viel Kraft und Gesundheit investiere ich in meinen Beruf? Was ist mir wirklich wichtig im Leben? Wie will ich meine Zeit nutzen? Diese Fragen beschäftigten Dich, und Du hast Deine Linie schnell gefunden.
Deine Kinder sind für Dich das Wichtigste, ihnen widmest Du den größten Teil Deiner Zeit. Du unternimmst nichts mehr, woran Du keine Freude hast, lässt es einfach bleiben. Du nimmst Dir Zeit für Dich. Du richtest Deine Wohnung schön ein. Und Du treibst viel und regelmäßig Sport. Beruflich bist Du sehr gut situiert, und das genügt Dir. Du möchtest einfach so weitermachen wie bisher. Freizeit soll Freizeit bleiben, ohne Stress, ohne ständige Erreichbarkeit per Handy. Du brauchst nach einer stressigen Woche Ruhe und Muße, willst ausspannen, manchmal angeln gehen. Und das Bemerkenswerte ist: Du hast dies alles erkannt, bevor es zu spät war.
Denn es wäre um ein Haar zu spät gewesen. Du bist noch einmal behütet worden, Olivier. Und heute siehst Du Dein Malheur als einen Glücksfall, denn Dir wurden die Augen geöffnet für das Leben in all seiner Großartigkeit. Für all die Chancen, die es nur bietet, wenn man sich dem Leben überlässt, nicht aber, wenn man ihnen nachjagt. Du lebst Dein Leben jetzt bewusst und dankbar, und Du tust viel für Deine Gesundheit: kein Nikotin mehr, kein

Alkohol, kein Koffein, maßvoll essen, gut schlafen, regelmäßiger Sport. Und Mußestunden!

So hoffst Du, und hoffen wir mit Dir, dass Dein Leben, das so früh in die Krise geraten war, ein langes werden möge, ein erfülltes, ein reiches, eines, von dem Du irgendwann einmal sagen wirst: „Ja, es war ein gutes Leben, das ich gelebt habe."

Du bist der typische Fall, bei dem man sich die Frage stellt: Bist Du so krank geworden, weil Du so zügellos und wild gelebt hast, oder ahntest Du Dein Schicksal und hast deshalb das Leben ausgekostet? Ich glaube, letzteres ist der Fall. Du hast ein wildes Leben gelebt, während andere noch die Schulbank drückten, hast alles ausprobiert, was sich Dir bot. Du tatest es in der unbewussten Gewissheit, dass morgen alles vorbei sein kann.

Und ich bin nicht sicher, ob es Dich nicht eines Tages wieder packt, das Leben. Wenn Du Dich stark genug fühlst, was ich hoffe, wird es Dir vielleicht auch in Frankfurt zu eng. Und dann wirst Du wieder Deine Flügel ausbreiten, Dich über den Alltag, den Existenzkampf und die Sorgen hinwegsetzen, frei sein und wild! Du wirst Deine Bestimmung wieder leben.

Um ehrlich zu sein, wir wünschen es Dir, Dein Vater und ich. Denn so bist Du unser Olivier, den wir lieb haben.

Blaulicht

Im Jahre 1994 gab es auf unserem Hof ein Großfeuer. Drei Viertel unseres alten Bauernhauses brannten aus, lediglich der alte Wohnteil hinter dem Brandgiebel blieb verschont. Die Feuersirenen und später das laute Tatütata der herannahenden Feuerwehrautos klangen so unheilvoll, dass ich seitdem jedes Mal aufschrecke, wenn ich sie höre, und sei es mitten in der Nacht. Klopfenden Herzens laufe ich dann einmal rundum an alle Fenster und halte Ausschau, gehe hinaus, um zu hören, in welche Richtung die Sirenen der Feuerwehrautos sich entfernen. Es wühlt mich jedes Mal auf.

Genauso ergeht es mir mit dem Tatütata der Krankenwagen. Entsetzliche Unfälle sind in der Nachbarschaft passiert. Man fragt sich jedes Mal bang, wen es diesmal erwischt haben mag, und man sorgt sich um unsere alten Nachbarn. Hat womöglich wieder jemand von ihnen einen Schlaganfall oder Herzinfarkt erlitten? Wird nun wieder jemand abgeholt und kehrt nicht zurück? So oft ist es schon passiert, und so schreckt mich auch die Krankensirene immer wieder auf, wenn ich sie höre.

Man mag mich deshalb für hysterisch halten. Doch möchte ich hier einige mehr oder weniger verrückte Geschichten erzählen, die uns im Laufe der Jahre passiert sind, und die vielleicht erklären, weshalb ich immer so aufgescheucht bin, wenn ich die Sirenen höre.

Die Geschichte von der gebrochenen Nase

Bald nachdem wir unser Bauernhaus wieder aufgebaut und auch den alten Kuhstall in Wohnungen umgebaut hatten, zog dort ein Ehepaar mit einer Tochter ein. Sie gaben als Einstand eine Party

Die Hofanlage im Schnee

auf unserer Tenne. Es war feuchtfröhlich, viele nette Menschen waren da. Zu allem Überfluss stand irgendwo ein Korb voller harter Getränke herum: Whisky, Cognac, Korn, Obstbrand, Magenbitter. Mein Mann Hubert hatte diesen Korb natürlich sehr bald entdeckt und sich schon kräftig bedient, als ich es bemerkte und – ganz besorgte Ehefrau – den Korb beiseite räumte. Doch wenig später war Hubert verschwunden. Ich fand ihn auf unserer Gästetoilette – zusammengebrochen bei aufgeklapptem Klodeckel. Er hatte eine Platzwunde oben auf der Nase. Mein Schreck war riesengroß, zumal er immerzu klagte: „Mein Herz, mein Herz!"

In meiner Panik rief ich sofort den Notarzt mit Krankenwagen, und wenig später sah ich zwei Wagen mit Blaulicht an unserer Hecke entlang und auf den Hof fahren. Die Männer kamen, unbemerkt von der feiernden Gesellschaft auf der Tenne, durch den Garten, und ich führte sie in unser Schlafzimmer, wohin ich Hubert geschleppt hatte. Dort lag er matt und über Schmerzen klagend auf dem Bett. Nach kurzer Zeit konnte der Notarzt Entwarnung geben, das Herz war in Ordnung.

„Wir nehmen Sie jetzt allerdings mit ins Krankenhaus, Sie müssen geröntgt werden", sagte er.

Da kam Hubert auf einmal zu sich. Er war hellwach.

„Auf keinen Fall fahre ich mit, das kommt nicht in Frage!"

„Aber Hubert, es ist sicherer, du musst mitfahren!", versuchte ich ihn zu beschwichtigen.

„Nie und nimmer! Ich bleibe hier!"

Alles energische Zureden des Arztes und der Sanitäter halfen nichts, er blieb stur. Und so fuhr der Krankenwagen wieder von dannen, ohne dass die feiernde Gesellschaft auf der Tenne etwas mitbekommen hätte.

Hubert und ich hatten uns jedoch verpflichten müssen, am nächsten Morgen zum Röntgen im Krankenhaus zu erscheinen. Dort stellte man dann fest, dass Huberts Nasenbein gebrochen war. Der Alkohol hatte ihm das Gleichgewicht geraubt, die Keramik-Kloschüssel war im Weg gewesen. Das musste er nun ausbaden, und sein Profil war für einige Zeit sichtlich entstellt. In unserer Erinnerung ist diese Geschichte jedoch unter „lustig" abgespeichert, und wir schmunzeln immer, wenn wir daran denken.

Reitunfall

Überhaupt nicht lustig war hingegen Huberts schwerer Reitunfall zwei Jahre später, auf den ich hier nicht näher eingehen möchte – ich tat es bereits an anderer Stelle. Wie ich die Sirenen herbeigesehnt habe, wie sie dann nach einer gefühlten Ewigkeit endlich näherkamen und Blaulicht signalisierte, dass Hilfe kam. Wie ich dann – ich weiß nicht mehr, wie – hinter dem Krankenwagen mit heulender Sirene und Warnleuchte herfuhr bis zum Krankenhaus, ist mir so tief ins Gedächtnis gebrannt – allein dieses Erlebnis reicht fürs ganze Leben.

Hubert hat überlebt und sich langsam, aber stetig erholt durch eisernes Training und eisernen Willen. Mehr will ich darüber hier nicht schreiben.

Niederrheinische Idylle: Ein schottisches Hochlandrind mit Kälbchen

Knockout bei Maria

Nach etwa einem Jahr war Hubert wieder recht gut beieinander, konnte wieder laufen, sich um unsere Pferde kümmern. Sein Gedächtnis war so gut wie wieder da. Doch es sollte noch nicht von Dauer sein.

Eines Abends gegen 9 Uhr – es war schon dunkel und ich saß in der Badewanne – sagte Hubert zu mir: „Ich gehe noch mit dem Hund raus."

„Okay", dachte ich und träumte in der Wanne so vor mich hin.

Als nach einer Weile das Telefon schellte, war ich zu faul, aus dem Wasser zu steigen und ließ es einfach klingeln. Aber das Telefon war penetrant, es hörte lange nicht auf.

„Egal!", dachte ich.

Kurz darauf aber stand ein Mädel, das bei unserer Freundin Maria auf dem Nachbarhof wohnte, in unserem Wohnzimmer und rief mit aufgeregter Stimme nach mir. Ich schoss aus dem Wasser.

„Annabel, komm sofort, Hubert liegt bewusstlos in unserem Pferdestall!"

Mir sackte augenblicklich das Herz in die Kniekehlen, und alles Blut war aus meinem Gesicht gewichen.

„Was zum Teufel macht Hubert um kurz vor halb zehn in eurem Pferdestall?!"

„Maria hatte ihn gebeten, mitzukommen und mal ein Pferd festzuhalten. Da ist es passiert."

Ich zog mir hastig meine Sachen über den nassen Körper.

„Ich komme sofort!"

Das Mädchen war mit dem Fahrrad da, doch ich sah mich nicht in der Lage zu radeln, mir war entsetzlich schwindelig. Taumelnd, mich an den Stalltüren auf der Tenne und an den Hauswänden und Bäumen entlanghangelnd, erreichte ich mit schlotternden Knien irgendwie das Auto in der Garage und gab Gas. Doch just in dem Augenblick fuhren Gäste unserer Mieter mit ihrem Auto vom Hof. Sie verstanden nicht, weshalb ich ihnen mit aufgeblendeten Scheinwerfern auf die Pelle rückte, hupte und blinkte. Sie nahmen es als Provokation und fuhren extra langsam vor mir her.

„Gott, mach, dass sie rechts abbiegen!", stieß ich hervor, doch leider fuhren auch sie in meine Richtung, nach links zum Nachbarhof.

Ich hupte und blinkte, doch das bewog sie nur dazu, noch viel langsamer zu fahren. Ich drehte fast durch. Schließlich blieben diese Leute vor mir auf dem schmalen Feldweg ganz stehen! Ich überlegte, ob ich aussteigen, nach vorne laufen und den Fahrer anschreien oder ihm ins Gesicht schlagen sollte.

„Nur ruhig, das bringt nichts! Ruhig bleiben, ruhig!", redete ich mir zu.

Nach einigen Minuten fuhren sie endlich von dannen, diese Leute! Wer hätte hier wen wegen Nötigung beschuldigen können? Mit quietschenden Reifen bog ich auf Marias Hof ein, wo sie mir völlig aufgelöst entgegenlief. Hubert jedoch war, Gott sei Dank, wieder zu sich gekommen und saß jetzt in der Halle auf einem Sessel.

„Mein Gott, es ist meine Schuld!", rief Maria immer wieder. „Ich hätte es wissen müssen, dass sein Reaktionsvermögen nicht gut ist. Weshalb nur habe ich ihn gebeten, das Pferd zu halten?"

Ich war so erschüttert und erschrocken und froh zugleich, weil Hubert wieder wach war, dass ich neben ihm kauerte und Maria kaum hörte. Nur soviel bekam ich mit: Das Pferd hatte anscheinend mit dem Kopf geschlagen, während Hubert es hielt und Maria es verarztete, und hatte Hubert mit der metallenen Schnalle seines Halfters am Kopf getroffen. An der Schläfe, die seit einem Jahr nicht mehr existierte und die durch eine Titanplatte ersetzt worden war! Und schon fuhr mit blauer Warnleuchte und Sirene der Krankenwagen, den Maria sofort angefordert hatte, auf den Hof.

Hubert wurde auf die Intensivstation des Klever Krankenhauses gebracht und erst einmal durchs CT geschoben. Man stellte fest, dass er ein daumennagelgroßes Hämatom im Gehirn hatte. Ob es sich noch vergrößern würde, wusste man nicht. Ich blieb neben ihm sitzen, die ganze Nacht. Meine Aufgabe war, ihn zu beobachten. Würde er einschlummern und sich nicht wecken lassen, wäre er sofort mit Blaulicht in die Neurochirurgie Nimwegen gebracht und neuerlich am Kopf operiert worden.

Doch, Gott sei's gedankt, schlief er nicht ein, alles ging gut, und am nächsten Morgen wurde nachgeschaut: Das Hämatom hatte sich nicht mehr vergrößert. Hubert blieb noch einige Tage unter ständiger Beobachtung in der Klinik, dann schließlich hieß es, das Hämatom würde sich im Laufe der nächsten Jahre langsam zurückbilden und auflösen. Und ich durfte ihn am folgenden Montag aus der Klinik abholen.

Vor lauter Elend hatte ich gar nicht realisiert, dass es Rosenmontag war, doch nun wurde ich beinhart damit konfrontiert. Gleich hinter Uedem formierte sich auf der Klever Straße der Keppelner Umzug. Es gab kein Durchkommen! Wieder einmal, wie schon beim Tod meiner Mutter, erlebte ich das ausgelassene Treiben aus großer Distanz. Alles schien so unwirklich. Ich wollte nur nach Kleve, Hubert wartete auf mich. Doch hier war ganz selbstverständlich eine Landstraße blockiert. Trecker und Karnevalswagen nahmen Aufstellung, Fußgruppen sammelten sich, und alle waren bereits in Hochstimmung. Ich bekam Bierdosen, Käsestückchen und Popcorn ins Auto gereicht und sollte schon mal ein „Pfläumchen" trinken. Alle waren so fröhlich, es steckte förmlich an. Und schließlich war es doch ein guter Anlass, weshalb ich nach Kleve musste: Ich durfte Hubert abholen!

So lachten und schwatzten wir, und endlich, nach 30 Minuten, konnte ich weiterfahren und zum ersten Mal staunend feststellen, wie lang die parkenden Autoschlangen auf allen Straßen rund um Keppeln waren, weil dort jetzt gefühlte 10.000 Menschen auf den Umzug warteten. Bisher waren wir ja regelmäßig selbst dabei gewesen. Doch so wie jetzt, von außen betrachtet, konnte ich schmunzelnd wahrnehmen, wie außergewöhnlich das niederrheinische Völkchen doch ist.

Auf der Weiterfahrt nach Kleve sah ich von überall her Karnevalswagen mit laut hämmernder Musik und voller „Helau!" rufender und mir zuprostender Narren Richtung Keppeln fahren. Sie kamen aus Louisendorf, Goch, Bedburg-Hau, Pfalzdorf, es schien, als sei die ganze winterlich-graue Landschaft ein einziger buntfröhlicher Karnevalsfestplatz.

Wie konnte es unter diesen Umständen anders sein! Hubert erholte sich, wenn auch langsam, und nach einem Jahr war auch diese Episode Geschichte.

Das Wespennest

Eines schönen Sommertages mähte Hubert mit der Motorsense die Sträucher an unserem Teich frei. Ich war in der Küche beschäftigt. Plötzlich hörte ich lautes Klagen und Wehgeschrei auf unserer Tenne: „Mein Auge! Mein Auge!"

Ich stürzte hinaus und sah Hubert, wie er sich die Hand vor sein linkes Auge hielt und, von zwei Hofbewohnern gestützt, zum Haus geführt wurde. Sein linkes Auge! Ich erschrak zutiefst. Hatte er sein Visier nicht unten gehabt, hatte der Freischneider ein Stück Holz, einen Stein hineingeschleudert? Vor drei Jahren erst war sein linkes Auge kaum zu retten gewesen, nur mit äußerster Mühe hatten die Chirurgen es erhalten können. So bestellte ich in meiner Panik sofort Notarzt und Krankenwagen.

Hubert klagte laut wie ein waidwundes Tier und wir schleppten ihn – mal wieder – auf sein Bett. Als ich ihm einige Sachen auszog, krabbelten Wespen aus seinem Kragen.

Schwer atmend erzählte er mir jetzt, er habe wohl in ein Erdwespennest gemäht. Jedenfalls war er plötzlich umschwirrt von einem wütenden Schwarm, sie krochen unter sein Visier und stachen ihn viele Male um sein lädiertes Auge herum, aber sie stachen ihn auch am übrigen Körper, durch sein Hemd, seine Hose. Ich kühlte ihm sein Auge, schnitt rohe Zwiebeln in zwei Hälften und rieb seine Stiche damit ein. Hubert beruhigte sich allmählich. Da kam auch schon mit Warnleuchte und Tatütata der Krankenwagen.

„Wegen solch einer Lappalie hätten Sie nun wirklich nicht den Notarzt bestellen brauchen!", schimpfte dieser, als er Hubert eine den Kreislauf unterstützende Infusion verabreicht hatte. „Das hätten auch die Sanitäter erledigen können!"

„Bitte verzeihen Sie mir", jammerte ich. „Ich bin mittlerweile ein bisschen hysterisch, es ist schon so viel passiert."

„Na gut, jetzt nehmen wir ihn mit ins Krankenhaus, er bekommt noch einige Liter den Kreislauf unterstützende Infusion, und nach drei Stunden können Sie ihn wieder abholen!"

Gesagt, getan. Ohne zu protestieren fuhr Hubert mit, und als ich ihn wieder abholen durfte, ging es ihm trotz seiner Wespenstiche gottlob besser. In der Nacht jedoch schwitzte er wie noch nie in seinem Leben. Sein Bett war so nass, als ob jemand Wasser darin ausgekippt hätte. So etwas hatte ich noch nicht erlebt.

Bald darauf war auch diese Episode Geschichte, doch dann kam eines Abends eine Nachbarin und Freundin zu uns, um uns zu sagen, der Rudolf* sei gestorben. Rudolf und seine Frau wohnten

---
* Name geändert

Das abgebrannte und abgerissene Wohnhaus des Thelenhofs, 1994

seit langem in Uedemerfeld und gehörten zu unserem engsten Freundeskreis. Ein Schock!

Auch er hatte mit dem Freischneider im Garten gearbeitet und ein Wespennest ausgemäht. Die kleinen Biester hatten ihn daraufhin komplett zerstochen, und er hatte sich mühsam ins Haus gerettet. Dort hatte er sich auf das Sofa fallen lassen und nach Luft geschnappt. Er muss geschwitzt haben wie noch nie in seinem Leben, alles war klitschnass. So fand ihn seine Frau, als sie einige Stunden später von der Arbeit kam. Sie ging in die Küche, um ihm einen Tee zu bereiten, da hörte sie den dumpfen Fall. Rudolfs Herz war stehengeblieben!

Ganz Uedemerfeld, wir alle fielen in tiefe Trauer, denn wir hatten Rudolf so fest in unser Herz geschlossen. Es tat so weh. Wie segensreich ist doch ein Krankenwagen, der mit Sirene und Blaulicht kommt und oftmals die Rettung bringt. Das erkannten wir jetzt mit brutaler Deutlichkeit. Hätte unser Freund ihn doch nur gerufen. Doch Lamentieren half jetzt nichts. Die Witwe zu unterstützen, war nun das Gebot.

Das versunkene Pferd

An einem schönen Sommerabend tagte der Vorstand des Uedemer Reitervereins, dem auch ich angehörte, auf einem der Höfe am Uedemerfelder Weg. Wir saßen alle um den großen Küchentisch herum und planten das nächste Turnier, als plötzlich mit lautem Tatütata ein Feuerwehrauto aus Uedemerbruch angerast kam und mit quietschenden Reifen in den Uedemerfelder Weg einbog. Ich wusste sofort: „Da ist mit Sicherheit wieder etwas bei uns auf dem Thelenhof los!"

Zwar gibt es viele Bauernhöfe an dieser kleinen Straße, doch die Katastrophen sind immer für uns, glaubte ich. Denn wir steckten seit Langem in einer Pech- und Unglückssträhne. Augenblicklich verließ ich die Runde, schwang mich in mein Auto und sauste heim. Im Näherkommen sah ich auch schon auf unserem Hinterhof das Feuerwehrauto mit blinkendem Blaulicht. Aber seltsam, Feuer schien es nicht zu geben. Fast stieß ich mit Hubert zusammen, der auf unserem alten Hanomag gerade um die Scheunenecke bog.

„Fahr mal nach hinten, das Pferd steckt im Mist!", rief er mir aufgeregt zu.

Und dann sah ich etwa acht Feuerwehrleute, das blinkende Auto, unsere gesamten Hofbewohner – und dann lange nichts.

„Da ist er doch!", rief Andrea, und dann sah ich zwei kleine weiße gebogene Pferdeöhrchen und die Nüstern von Octopus, unserem bildschönen zweijährigen Boulonnais, aus dem Mist herausschauen – das übrige Pferd war versunken!

Unseren Mist fuhren wir seit Jahr und Tag in einen alten Fahrsilo, der keinen Ablauf hatte. Wenn es viel regnete, staute sich das Wasser in dem Silo, und der Mist war ganz vollgesogen. Da hinein war offenbar Octopus geraten – er war von der Weide ausgebüxt – und immer tiefer in den Mist eingesunken, als er über den vermeintlichen Misthaufen laufen wollte. Dann, und das ist typisch für diese wunderbare Rasse, bekam er keine Panik, sondern blieb ruhig, ganz ruhig, über Stunden.

Andrea und Felix, die auch auf dem Thelenhof wohnen, machten einen Abendspaziergang und vermissten ihn auf der Weide. Gemeinsam mit Hubert hatten sie ihn überall gesucht, im Hohlweg, in den Wäldern, und liefen dabei auf dem Hinterhof mehrmals an ihm vorbei. Er hatte sich nicht gerührt. Schließlich glaubten sie schon an Diebstahl. Doch dann ging Andrea einer Eingebung folgend nochmals auf den Hinterhof – und da sah sie diese winzigen Öhrchen und die Nüstern über dem Mist, ganz ruhig, ganz still. Kaum zu glauben!

Sofort hatte sie die Feuerwehr alarmiert, unsere Freunde und Helfer in jeder Not. Und nun schickten sich die Männer an, ein starkes Seil unter dem Pferd hindurchzuziehen. Leichter gesagt als getan! Zwei Mann hatten sich bis auf wenige Sachen entblößt und gruben mit Gabeln links und rechts vom Pferd den Mist beiseite. Dabei versanken auch die Männer immer tiefer in dem jauchigen Mist, sie rackerten sich wirklich ab. Octopus rührte sich nicht. Dann versuchte der Hauptbrandmeister, mit dem Seil unter dem Pferdebauch „hindurchzutauchen". Endlich gelang es!

Die Männer waren alle von unten bis oben voll Jauche, aber heilfroh, dass es geschafft war. Nun brauchte das Seil nur noch am Frontlader des alten Hanomags befestigt zu werden, und dann hob Hubert das Pferd behutsam, aber stetig aus dem Mist, fuhr rückwärts und setzte es sicher auf dem Hofplatz ab. Da stand das Pferd wie ein Denkmal, hoch aufgerichtet, in seinem Urvertrauen uns aufmerksam beobachtend, jedoch schwarz verschmiert von Jauche.

„Abspritzen!", ertönte das Kommando, und schon richteten die Feuerwehrleute den dicken Wasserstrahl auf das Pferd, denn sie hatten genügend Wasser im Tankwagen. Nach kurzer Zeit war Octopus wieder schneeweiß, die Dusche hatte er sichtlich genossen. Dann zogen die Feuerwehrleute sich aus und spritzten sich gegenseitig ab, auch sie hatten es wirklich nötig.

Wir ließen nach vielen Liebkosungen unser Pferd wieder auf die Weide, und dann luden wir die tapferen Feuerwehrleute in unsere

Küche ein. Bei Bier, Schnaps und Käse saßen wir alle noch lange lachend und schwatzend um unseren Tisch herum. Eine solch bravouröse Rettungsaktion der Feuerwehrmänner mitzuerleben, erfüllte uns mit Staunen über deren Tatkraft, Teamgeist und Einsatzfreude, und wir waren voller Dankbarkeit und Bewunderung.

Octopus hatte keinerlei Schaden genommen. Es ging ihm gut. Wir jedoch beschlossen, umgehend den Fahrsilo erst leer zu fahren, dann aufzufüllen und nur eine 40 Zentimeter tiefe Mulde übrig zu lassen. Bald sollten Enkelkinder mit uns hier auf dem Hof leben. Auch sie laufen doch einmal über den Misthaufen. Nicht auszudenken, was hätte passieren können! So war Octopus' Missgeschick uns eine Warnung und ein Wink zur rechten Zeit, und bald darauf sprachen wir auch über diese Episode nur noch lachend und kopfschüttelnd.

Der Gigaliner

Wer glaubt, die Menschen im Uedemerfelder Tal lebten abseits jeder Hektik und aller modernen Entwicklung ein wenig hinter dem Mond, der sieht sich oft genug gründlich getäuscht. Wir sind hier immer am Puls der Zeit, so auch, was die Transportmöglichkeiten betrifft. Da stehen etwa, wenn wir ein Pappelwäldchen im Bruch fällen, um das Holz zu verkaufen, bald darauf chinesische Container auf unserem Waldweg, in die dann die Pappelstämme, so lang wie sie sind, von einem Greifer-Kettenfahrzeug hineingeschoben werden. Die Sattelschlepper setzen rückwärts, nehmen die Container huckepack, und kurz darauf sind unsere Pappeln auf dem Weg zum Hafen und nach China.

Hier jedoch ein anderes Beispiel: Eines Novembermorgens gegen 4 Uhr früh fuhr ich aus dem Schlaf. Ein diffuses Grollen war zu vernehmen, dazu zitterte das ganze Haus.

„Oh Gott", dachte ich. „Nicht schon wieder ein Erdbeben!"

Hastig zog ich mir ein paar Sachen über. Meinen Mann bekam ich nicht wach, ebenso wenig wie 1993, als bei uns wirklich die Erde bebte, und ich hastete allein auf den Balkon. Schon im Haus

Vor Burg Kervenheim

sah man im Dunkeln den Widerschein von blinkenden gelben Warnleuchten. Da sah ich dann, dass es zum Glück etwas anderes war.

Auf dem Uedemerfelder Weg, der an unserer Hecke entlangführt und der zwischen Bäumen und einem Gebäude zwei 90°-Kurven folgt, hatte sich hoffnungslos, so schien es, ein Gigaliner festgefahren. Ich erkannte es sofort: Zurücksetzen war unmöglich, Vorwärtsfahren ebenso. An den Begleitfahrzeugen davor und dahinter blinkten die gelben Warnleuchten und tauchten die Szenerie in gelb flackerndes Licht. Stimmen, Rufe von Männern waren zu hören. Ein riesiges Fertigbauteil mit Überbreite und vor allem Überlänge (daher der Gigaliner) war einfach steckengeblieben in unserem idyllischen Weg! Dazu kam das dumpfe Grollen des starken Motors der Zugmaschine, das unser Haus und alle Gegenstände darin erzittern ließ.

Ich zog mir Wollstrümpfe und meinen dicken Daunenmantel über und ging hinaus zu den Männern.

„Was, um Gottes Willen, macht ihr morgens um halb fünf mit diesem Gefährt hier auf dem Uedemerfelder Weg? Seid ihr von Sinnen?", entfuhr es mir.

„Gute Frau, lassen Sie uns in Ruhe! Wir sind restlos übermüdet, wir wollen nur noch schlafen, und jetzt stecken wir auch noch hier fest!"

„Aber woher kommt ihr?", wollte ich wissen. „Wo wollt ihr denn hin? Und wer um alles in der Welt hat euch hier entlang geschickt?"

„Wir kommen aus Niedersachsen, aus dem Emsland, und wir sollen diesen Schweinestall beim Uedemerfelder Weg Nr. 3 abliefern."

„Ja, du liebe Güte, wieso seid ihr dann hier gelandet? Ihr hättet doch nur die A 31 bis Borken fahren brauchen, dann weiter auf der gut ausgebauten B 67n bis Uedemerfeld, kurz links ab, und nach 200 Metern wärt ihr problemlos am Ziel gewesen! Ja, habt ihr denn in keine Karte schaut?"

„Wir können nichts dafür! Das Niedersächsische Verkehrsministerium schreibt uns diese Route vor. Wir müssen so viel wie möglich Autobahn fahren, also bis Abfahrt Uedem, auch wenn das ein großer Umweg ist. Dann stellte sich die Frage: Wie weiter? Mit diesem Gefährt durch Uedem zu fahren ist unmöglich, also bleibt nur der Uedemerfelder Weg, der ja fast an der Autobahn beginnt. Von der Z-Kurve hat uns keiner was gesagt!"

Ich merkte, die Männer waren nervös, übermüdet, sie wollten endlich in Ruhe gelassen werden. So schritt ich den Sattelschlepper einmal ab: 25 Meter! Die Zugmaschine stand bereits auf der Höhe unserer Hofeinfahrt, sie war um die Kurve herumgefahren. Das Heck des Gefährts jedoch befand sich auf der Höhe unseres weißen „Postboten"-Törchens, weit vor der Kurve. Es gab keine Achsen dazwischen, nur vorne und hinten je eine.

„Oh je", dachte ich. „Das wird unsere Hecke nicht überleben!"

Was für eine ärgerliche Geschichte! Die ganze Hecke neu pflanzen und jahrelang gießen zu müssen und zu warten, bis sie hoch und dicht wäre! Und ob das Land Niedersachsen uns etwas ersetzen würde, stand in den Sternen.

Blick in eine Landschaft mit lichten Birken

Geheimnisvoller Niederrhein

Die Männer palaverten und riefen laut durcheinander, gaben Kommandos. Und schließlich setzte sich der Gigaliner in Bewegung, nur ein winziges Stück. Dann beobachtete ich staunend, wie die Hinterachse in die entgegengesetzte Richtung rollte, auch nur ein kleines Stück. Und so ging es fort, vorn einen Schritt nach rechts vorwärts, hinten einen Schritt nach links vorwärts, bis nach etwa einer halben Stunde das Mega-Gefährt tatsächlich vollständig um die Ecke gefahren war.

Ich war inzwischen lange wieder im Haus, denn meine Anwesenheit ging den Männern auf den Keks. Meinen Mann hatte ich geweckt: „Das musst du dir ansehen! Wach mal auf!"

Und so standen wir beide auf dem Balkon und beobachteten das Schauspiel, das nach wie vor in gelb flackerndes Warnleuchtenlicht getaucht war.

Schließlich und endlich konnten die Männer von dannen fahren, nicht ohne fürchterliches Splittern und Knacken von den Ästen der Bäume am Teich, denen der Gigaliner mit der Überbreite nicht ausweichen konnte.

„Oh je", dachte ich. „Das nächste Hindernis sind die Linden beim Nachbarn Scholten, um die man einen sauberen Bogen fahren muss, den der Sattelschlepper nicht hinbekommt. Also wieder das gleiche Spiel, nochmals eine halbe Stunde Mühe!"

Am nächsten Morgen besahen wir uns den Salat. Doch siehe da, die Hecke war komplett heil geblieben. Nur unser Rosenbogen am Törchen und das weiße Törchen selbst waren etwas lädiert, und einige Äste der Bäume am Teich waren abgebrochen. Sonst nichts! Die Männer hatten hervorragende Arbeit geleistet, und wir sind ihnen dankbar.

Jedoch behielten wir eine dumpfe Wut im Bauch auf die bürokratische Handhabung der Vorschriften für Gigaliner. Ich wollte an das niedersächsische Verkehrsministerium schreiben und mich beschweren. Sie sollten gefälligst dafür sorgen, dass derartige Fälle von Leuten bearbeitet werden, die wenigstens Karten lesen können und sich nicht nur auf Navigationssysteme verlassen. Doch dann dachte ich mir, dass diese Männer mit Sicherheit auch Beschwerde einlegen würden, denn sie waren die Hauptleidtragenden. Und mittlerweile gehört bei uns diese Geschichte ins Reich der unterhaltsamen Episoden.

Es bleibt also spannend auf unserem Thelenhof! Was kommt wohl als Nächstes? Wenn nur jedes Mal die Sache ein gutes Ende nimmt, so ist jedes Missgeschick, jedes Unglück, das uns widerfährt, ein Baustein an Lebenserfahrung, ein Grund mehr zu Mut und positivem Denken. Und dabei helfen uns ganz entscheidend die hilfreichen und kompetenten Menschen, die in den Autos mit dem blauen Blinklicht herbeigeeilt kommen. Wie gut, dass es sie gibt, wie gut, dass es Blaulicht gibt!

Mörderisches Uedemerfeld

Beim Thema „Blaulicht" fallen mir allerdings noch andere Episoden ein, solche, die mit heraneilenden Polizeiautos zu tun haben. Mordgeschichten, so gruselig und skurril, wie es wohl nur auf dem Land möglich ist.

Vor einigen Jahren fand im Kreis Kleve die „Criminale" statt, ein Literaturfestival, das regelmäßig ausgerichtet wird und viele deutschsprachige Krimi-Schriftsteller zusammenbringt. Der Grund dafür, dass dieses Event bei uns auf dem platten Land organisiert worden war, ist das „Trio Criminale": zwei Herren und eine Dame aus Kleve, die mit Krimis wie „Jenseits von Uedem" und „Königsschießen" deutschlandweit bekannt geworden sind.

Aus allen Teilen des deutschen Sprachraumes waren Schriftsteller angereist. Alle sollten in wenigen Tagen eine Kriminalgeschichte schreiben, zu der sie sich zuvor von unserer niederrheinischen Landschaft inspirieren lassen sollten. Anschließend war eine Vortragsreihe mit Preisverleihung geplant.

Wir auf dem Thelenhof hatten die Ehre, einen jungen Schweizer beherbergen zu dürfen. Beim Frühstück löcherte er mich mit Fragen, und aus mir sprudelten die Gruselgeschichten, die hier in und um Uedem passiert sind, nur so heraus. Sie bieten reichhaltigen

Burg Kervenheim

Stoff für mehrere Krimis. Unser Schweizer Schriftsteller hörte mit großen Augen zu …

Der Mord, der in meiner Kindheit Uedem erschütterte, machte den Anfang. Auf dem Weg von Uedemerfeld nach Uedem, oben auf dem „Berg", starb jemand in seinem Blut. Damals wurden das blutige Messer, mit dem der Mörder zugestochen hatte, und die zerfetzte, blutverschmierte Kleidung des Opfers während der Kirmes in einem Schaufenster am Kirmesplatz ausgestellt, und alle Leute standen davor und gafften.

Dann gab es den „Friedhofsmord", wie er nur noch genannt wurde. Er erhitzte landauf, landab die Gemüter, denn ein junges Mädel wurde auf dem Kalkarer Friedhof vergewaltigt und erstochen aufgefunden. Zwei junge Männer standen in dringendem Tatverdacht. Sie waren flüchtig, und es wurde landesweit nach ihnen gefahndet.

Blick in die Landschaft um Kervenheim

Da sie ohne Geld waren, beschlossen sie eines Abends, die Volksbank in Kervenheim, einem kleinen Nest, das an Uedemerfeld grenzt, zu knacken. Allerdings war dort noch abends um 8 Uhr die Putzfrau bei der Arbeit. So warteten die beiden an ihrem geparkten Auto. Womit sie nicht gerechnet hatten: Die Putzfrau erkannte sie aufgrund der Fahndungsfotos und rief die Polizei.

Als der Streifenwagen mit Blaulicht und Sirene angesaust kam, hauten die beiden ab, hinter die alte Burg, die von einem Wassergraben gesäumt wird. Weiter konnten sie schlecht kommen, denn weit und breit gab es nur Wiesen mit Stacheldrahtzäunen und Gräben, dazu noch hell vom Mond beschienen. So hielten sie sich in der Nähe der Burg, sie schlichen im Burggraben entlang – und liefen einem Kriminalbeamten genau in die Arme. Er konnte die beiden problemlos dingfest machen. Wahrhaftig, eine Szene wie in einem Kasperl-Theater! Die Mörder wurden überführt und erhielten ihre gerechte Strafe.

So einfach geht es freilich nicht immer. An Gruseligkeit ist folgende Geschichte schwerlich zu überbieten: Die Menschen im ganzen Land hatten in den Zeitungen schaudernd verfolgt, wie nach und nach eine Familie in Moers ausgelöscht wurde. Zunächst der Vater, er wurde erschossen und auf Bahngleise gebunden aufgefunden. Die Polizei rätselte noch, da verschwand die Mutter. Eine bundesweite Fahndung führte schließlich zur Festnahme eines jungen Mannes, eines Komplizen des Mörders. Er hatte die Mutter zersägt im Kofferraum versteckt und war gerade unterwegs, um sie zu entsorgen.

Nun wurde die Fahndung nach dem Mörder ausgedehnt und Interpol eingeschaltet. Nach einiger Zeit musste auch die Tochter des Hauses sterben; sie verschwand ebenfalls spurlos, und man glaubte an Mord. Nun gab es nur noch den Sohn – den einzigen Erben! Längst war der Verdacht auf ihn gefallen, doch er war untergetaucht. Dann ging ein weiterer Mord durch die Presse: Auf einem Autobahnparkplatz war ein junges Mädchen umgebracht worden. Auch sie war spurlos verschwunden, doch später fand man ihre Leichenteile auf einem Fabrikgelände.

Eines Tages wurden wir am Uedemerfelder Weg knallhart in die Geschichte mit hineingezogen. Unsere Nachbarin und Freundin Maria Roeloffs hatte zu Zwiebelkuchen und Federweißem eingeladen, und eine Anzahl Reiterfreunde saß gemütlich trinkend und schwatzend um den großen Tisch herum. Da öffnete sich die Tür der Halle, und herein kam ein junger Mann, ein schmaler Typ mit noch schmalerem Gesicht und unheimlich eng stehenden dunklen Augen, deren Blick man nicht standhalten mochte. Niemand kannte ihn außer einem jungen Ehepaar, das bei Maria zur Miete wohnte.

„Stefano, komm rein!", rief Maria und lud ihn in ihrer überschwänglichen Gastfreundschaft ein, am Tisch Platz zu nehmen, um ihm Zwiebelkuchen zu servieren.

Er blieb den ganzen Abend bei uns sitzen, das junge Paar unterhielt sich mit ihm, denn es kannte ihn vom Studium. Stefano quartierte sich bei den beiden ein und blieb eine Woche. Sein Auto, einen bildschönen Oldtimer, hatte er bei einer alten Nachbarbäuerin in der Scheune untergestellt. Um es gegen Staub zu schützen, hatte sie extra einen Überwurf genäht. Am folgenden Freitag schauten die drei einträchtig „XY ungelöst". In der Sendung wurde der Fall der Mordserie an der Moerser Familie in allen Einzelheiten dargestellt und geschildert. Stefano guckte sich die Sendung genauso seelenruhig an wie seine Bekannten. Tags darauf war er jedoch verschwunden.

Und bald danach erschien die Kripo auf dem Roeloffschen Anwesen. Sie waren dem Mörder auf den Fersen – es war Stefano! Wir alle erschraken zutiefst. Das junge Paar wurde einen Tag lang ins Kreuzverhör genommen. Dabei waren sie ja völlig ahnungslos gewesen und fielen aus allen Wolken! Zum Glück konnten sie die Kripo davon überzeugen, dass sie dem Verbrecher nicht wissentlich Unterschlupf gewährt hatten.

„Seid wachsam!", sagten die Beamten. „Der Mörder hat kein Geld und hält sich womöglich noch hier in der Nähe auf, in einer Scheune vielleicht."

Es wurde weiter fieberhaft nach ihm gesucht, jedoch erfolglos. Wir alle fanden den Gedanken, dass sich möglicherweise hier in unserer Nähe ein mehrfacher Mörder versteckt hielt, gruselig bis beängstigend.

Eines Abends waren bei Familie Roeloffs alle ausgegangen, nur Mutter Marianne hielt die Stellung. Vor dem Schlafengehen ließ sie noch die kleine Dackelmeute vor die Tür. Da rasten die Hunde – was sie sonst nie taten – alle miteinander laut kläffend in die Scheune und bald darauf wütend bellend in das gegenüberliegende Büschchen. Marianne, ganz erfahrene Jägerin, holte ihr Gewehr und schoss ein paar Mal Richtung Gebüsch in die Luft. Dann sammelte sie mit klopfendem Herzen ihre Dackel ein und verschloss alle Türen fest hinter sich. In der Nacht schlief sie schlecht, sie lauschte hinaus, das geladene Gewehr an ihrer Seite.

Marianne erzählte mir die Geschichte am folgenden Tag und jagte mir damit gehörig Angst ein. Mein Mann arbeitete damals noch in Frankreich, ich war also während der Woche allein. Zum

Glück hatte ich einen riesigen schwarzen Beauceron, einen französischen Schäferhund, im Haus, der jedermann großen Respekt einflößte, und mich beruhigte seine Anwesenheit.

Wenig später kamen meine drei Kinder ein Wochenende zu Besuch. Sie lebten damals noch in Schleswig-Holstein, und wir sahen uns selten. Hubert musste das Wochenende über wegen einer Betriebsfeier in Frankreich bleiben. So feierten die Kinder und ich allein unser Wiedersehen bei einem schönen Essen und viel Alkohol. Spät sanken alle auf ihr Nachtlager – auch Olivier, mein Stiefsohn, der bei uns lebte. Nur ich ließ noch wie üblich den großen Hund vor die Tür. Da! Nun war er es, der wütend erst auf dem Hinterhof an dem Strohschuppen anschlug, dann laut und böse bellend über die Pferdeweide irgendeinem Geschöpf nachjagte. Auch er hatte Ähnliches nie zuvor gemacht. Ich war zutiefst erschrocken. Sofort holte ich das Kleinkalibergewehr und vor allem: Ich rief die 110!

Es meldete sich eine träge Stimme – mittlerweile war es nach 24 Uhr –, und aufgeregt schilderte ich alles, was vorgefallen war und auch den Zusammenhang mit den Ereignissen bei unserer Nachbarin. Ich war redselig, überschlug mich fast beim Erzählen; ich war etwas betrunken: „Kommen Sie sofort, der Mörder ist hier nicht weit, ich bin mir sicher, er ist es! Die Kripo hat gesagt, er hält sich hier versteckt. Kommen Sie mit mehreren Leuten und mit Spürhunden. Dann werden Sie ihn stellen!"

Ich spürte, dass der Mann am anderen Ende mich nicht ernst nahm. Er hatte ja gemerkt, dass ich getrunken hatte.

„Er hält sich schon seit Längerem hier auf, der Mörder", rief ich. „Stellen Sie sich nur vor, wenn er noch jemanden umbringt!"

„Hören Sie, junge Frau, es ist Samstagabend, die Polizeiwachen hier rundum sind nicht besetzt. Ich müsste Männer aus Duisburg anfordern."

„Ja und?", rief ich. „Wenn Sie dann den Mörder festnehmen, nach dem schon so lange gefahndet wird? Kommen Sie schnell!"

„Vergessen Sie es", kam die Antwort. „Gehen Sie erst einmal schlafen und beruhigen Sie sich."

Der Friedhof in Uedemerbruch

Kein Zweifel: Es würden keine Polizeiautos voller Männer, keine Spürhunde hierher kommen, keine blau blinkenden Lichter, keine Martinshörner. Wir waren auf uns allein gestellt. So verschloss auch ich alle Türen und Tore fest und ging schaudernd zu Bett, den großen Hund neben mir. Am folgenden Tag schaute ich unter dem Strohschuppen nach, um herauszufinden, weshalb der Hund dort so wütend angeschlagen hatte. Oben auf dem Stroh fand ich einen Schlafsack und eine Decke. Mich schauderte von Neuem. Hier hatte er genächtigt, der Mörder, keine Frage! Bis der Hund ihn aufgescheucht hatte.

Ähnliche Geschichten passierten jedoch nicht mehr, und allmählich beruhigten wir uns. Nach einigen Wochen kam die erlösende Meldung in den Zeitungen: Der Mehrfachmörder aus Moers sei gefasst worden, in Marseille. Interpol hatte ganze Arbeit geleistet.

In seinem gemieteten Studio fand man ein ganzes Arsenal von Waffen, aber auch Werkzeug wie Äxte, Sägen und so weiter. Er hatte alles gestanden, auch den Mord auf dem Autobahnparkplatz an seiner Freundin. Gottlob, der Albtraum war zu Ende! Einige Zeit später sollte sich auch herausstellen, wer bei uns oben auf dem Stroh genächtigt hatte: Olivier mit einer seiner Freundinnen. Im Sommer war es gewesen, und er hatte den Schlafsack und die Decke dort oben vergessen …

… Es gab also genügend Stoff, um daraus mehrere Krimis zu stricken. Unser Schweizer Schriftsteller winkte ab, es wurde ihm zu viel.

„Lassen Sie mich", sagte er. „Ich muss mir selbst Gedanken machen!"

In den folgenden Tagen ging er viel spazieren. Er streifte in den Bruchwäldern umher, und er ging auch auf den Uedemerbrucher Dorffriedhof, den er sehr inspirierend fand.

Und so entstand eine Geschichte, die mit einem Friedhofsmord in Uedemerbruch begann. Wie sie weiterging, weiß ich jedoch nicht mehr. Die wahren Mördergeschichten aber werde ich niemals vergessen.

Der wilde Kirschbaum

Im Osten des Städtchens Uedem am Niederrhein erstreckt sich weit über die Landschaft ein langer Endmoränenhöhenzug. Wandert man auf dieser Anhöhe entlang, erblickt man ein weites, grünes und stilles Urstromtal, in dem wie an einer Perlenschnur aufgereiht alte stolze Bauernhöfe liegen. Sie fügen sich harmonisch in die Landschaft ein, gerade als ob sie seit Urzeiten an ihrem Platz stünden. Vor den Höfen steigen die fruchtbaren Felder langsam an zur Anhöhe, unterteilt von Hohlwegen, die seit Jahrhunderten tief in den Hang gespült wurden. Und hinter den Höfen erstrecken sich in der feuchten Niederung Weideland und Eichenwald. Die Höfe selbst sind umgeben von Obstwiesen, in denen unter alten Obstbäumen Jungrinder oder Sauen grasen. Ein friedvolles Bild!

Ein Hof fällt besonders ins Auge. Nicht nur, dass er solitär in der stillen Landschaft liegt, er ist auch in einer Bauweise errichtet, die man sonst weit und breit hier am Niederrhein nicht findet: drei große Satteldächer, spitze Giebel und rote Dachziegel. Das ist der Thelenhof. Auch er ist umgeben von Obstbäumen, Feldern und Weiden, die bis an den Saum des Bruchwaldes reichen.

Im Garten dieses alten Hofes steht eine Vogelkirsche. Sie steht schon sehr lange dort – niemand weiß, wann sie gepflanzt worden ist, es muss so um 1910 gewesen sein. Sie ist die stumme Zeugin einer bewegten Zeit, in der sich alles um sie herum gewandelt hat. Dies ist ihre Geschichte:

———※·o·※———

Ihre Kindertage und ihre Jugend verbrachte die wilde Kirsche in einer Streuobstwiese. Dort hinein war sie gepflanzt worden zusammen mit noch weiteren Kirschbäumen – einer Speckkirsche, einer schwarzen Süßkirsche, einer Junikirsche – und noch einigen verschiedenen Apfelbäumen. Die Obstwiese umgab die Süd- und die Westseite des großen, langgezogenen Bauernhauses, dessen Vorderhaus von einem wilden Weinstock bewachsen war und nach Südosten lag. Ein großes Satteldach erstreckte sich über Vorder- und Hinterhaus, nur unterbrochen vom Brandgiebel, der ein wenig über das Dach hinausgemauert war. Im Vorderhaus gab es große weiße Sprossenfenster und die Eingangstür, dort lagen die wenigen Zimmer der Bauernfamilie Weber und auch die Küche, die der wilde Kirschbaum am Rauch erkannte, der beständig, sommers wie winters, aus dem Schornstein hoch im Dach aufstieg.

An der langen Seite des Hinterhauses hingegen gab es kleine Türen, durch die täglich die Sauen ins Freie gelassen wurden. Sie grasten dann grunzend und zufrieden auf der Wiese und schubberten sich bisweilen an den Obstbäumen. Besonders wenn die Früchte reif waren, versuchten sie, durch kräftiges Schubbern einige Kirschen oder Äpfel herunterzuschütteln, um sie dann schmatzend zu verspeisen. Natürlich gab es bald unter den Obstbäumen mehr und mehr Schweinemist, in den die Kirschen dann hineinfielen. Dem Bauern blieb nichts anderes übrig, als eine lange Leiter anzustellen und zu pflücken, wollte er die Früchte ernten.

Auf der Südostseite des Bauernhauses, in Verlängerung des großen, weinberankten Giebels mit der Eingangstür, lag der riesige Nutzgarten. Er versorgte die Bauernfamilie mit Gemüse, Beerenobst und Kräutern aller Art. Gekauft wurde nichts; alles, was man zum Leben brauchte, erzeugte man selbst. Der lange Mittelweg, der den Garten teilte, wurde von Buchsbaumhecken gesäumt. Selbstverständlich gab es Erdbeeren und Himbeeren, ein großes Quartier mit Johannisbeerbüschen, roten und schwarzen, und Stachelbeersträuchern. Zwischen ihnen wuchs der wilde Meerrettich. Es gab einige Spargelbeete, die im Sommer ihr filigranes Grün über die gehäufelten Reihen breiteten. Es gab alle Sorten Gemüse: Stangenbohnen wanden sich an langen Haselnussruten empor, Buschbohnen wucherten, Erbsen kletterten an Reisern, die für sie gesteckt worden waren. Es wurde Kohl gepflanzt, Sellerie und Porree, auch Zwiebeln, und schon ab März gab es aus dem Mistbeet den ersten herrlichen Kopfsalat. Der Mist lieferte die nötige Wärme, und die schräg stehenden Glasscheiben ließen viel Sonnenlicht in das ummauerte Frühbeet. Später im Frühling, wenn der Salat schon draußen wuchs, zog die Bäuerin noch Sommerblumen in dem Beet heran und auch die Kohlpflänzchen. Einige Pflanzen, egal ob Zwiebeln, Kräuter, Kohl oder Radieschen, durften blühen und Samen bilden, ebenso die Sommerblumen, sodass man im Jahr darauf wieder von Neuem im Mistbeet Pflanzen ziehen konnte.

Die Wildkirsche beobachtete alle Arbeiten und alles Wachsen, Gedeihen und Blühen in dem Bauerngarten mit großem Interesse. Vor allem grüßte sie gern zu ihren Schwestern herüber, einer Reineclaude, einer Mirabelle, einer Zwetschge und den filigranen Pfirsichbäumchen, die im frühen Frühling ihre zarten rosa Blütenschleier hervorzauberten. In manchen Jahren gab es noch Frost. Dann war die Pfirsichblüte dahin, ehe sich die Bienen ans Werk gemacht hatten. In anderen Jahren aber trugen die Pfirsiche überreiche Frucht und mussten gestützt werden, um nicht unter der Last der Früchte zu brechen. Ebenso erging es den Pflaumen.

Die Vogelkirsche war noch jung, jedoch schon hochgewachsen. Im Spätsommer trug sie bereits reichlich erbsengroße, rot-schwarze süße Früchte, die nicht nur der Bauernfamilie herrlich schmeckten, sondern auch den Vögeln.

Die Bauersleute arbeiteten fleißig. Vier Frauen machten sich im Garten zu schaffen, die zwei Schwestern des Bauern und die Mutter, die selbstverständlich auch auf dem Hof lebten. Sie gruben und hackten, säten und ernteten, und dann saßen sie schwatzend auf der Terrasse vor dem Haus und palten Erbsen aus oder dicke Bohnen.

Es gab viel Leben auf dem Hof: die Mastschweine im Schweinestall, die Milchkühe im Kuhstall, das Jungvieh in der Scheune, alle Sorten Geflügel auf dem Hühnerhof und auf dem Teich und die Ackerpferde im Hinterhaus des großen Bauernhauses, gegenüber den Zuchtsauen. Der hochgewachsene Kirschbaum, der schon bald dieselbe Höhe erreicht hatte wie der First des Hauses, konnte alles beobachten, was auf dem Hof geschah: Wenn die Ackerpferde angeschirrt wurden, um auf dem Feld ihrer Arbeit nachzugehen, wenn das Geflügel gefüttert wurde und flatternd herbeigeeilt kam, die quiekenden, schreienden Schweine, die plötzlich ruhig waren und nur noch schmatzten, wenn die Klappen der wohlgefüllten Futtertröge umgestellt wurden, die Kühe, die, frisch gemolken, wiederkäuend und zufrieden hinter dem Hof auf der Wiese lagen.

Im Herbst beobachtete er aber auch, wenn ein Schwein, an Ohren und Schwanz gepackt, schreiend und sich sträubend zum Schlachtplatz gezerrt wurde und dann plötzlich verstummte. Dann rauchte zwei Tage später der Schornstein besonders stark, wenn die Frauen in der Küche Blutwurst, Schweinebraten und Sülze einkochten. Ähnlich erging es den Hühnern, die im Suppentopf landen sollten, oder um die Weihnachtszeit den Gänsen.

Die Bauernfamilie erzeugte alles, was sie zum Leben brauchte: Mehl, Kartoffeln, Speck, Fleisch, Eier, Milch, Gemüse, Obst. Honig lieferte ein Imker, der seine Bienenstöcke im Gemüsegarten aufgestellt hatte, und aus einem Krauthaus in der Nähe konnte man gegen Lieferung von eigenen Äpfeln das gute Apfelkraut beziehen, ebenso Rübenkraut. Verkauft wurden nur so viele Produkte, wie nötig, um die Pacht bezahlen zu können, eventuell Steuern, den Hausarzt und etwas Kleidung. War die Ernte überreich, wurde Geld beiseite gelegt für magere Zeiten, für ein neues Ackergerät, für Gebäudeausbesserungen oder den neuen Sonntagsstaat.

Regelmäßig fuhr der Bauer mit einem Pferdekarren voller Säcke den Feldweg am Kirschbaum vorbei zur Mühle, wo er sein selbst produziertes Getreide fürs Vieh mahlen ließ oder aber auch zu Mehl für den Haushalt. Im Herbst wurden auf der großen Apfelweide auf der anderen Seite des Gehöftes lange Leitern in die Bäume gestellt, und man pflückte die Äpfel, mehrere Wagen voll. Einige Wagen zog ein Pferd nach Uedem zur Mosterei und kam mit Apfelsaftkisten beladen wieder heim.

Auf dem Feld, das der Kirschbaum gut überblicken konnte, zogen dann die Pferde schnaubend ihre Bahn, um zu pflügen, zu eggen und zu säen – ebenso war es im Frühling. Es war still in Uedemerfeld. Dem uralten, gleichmäßigen Rhythmus der Natur und der Arbeiten auf dem Land hatte sich alles menschliche Leben untergeordnet und war Teil von ihm.

Arbeitskräfte, die in den Spitzenzeiten zusätzlich gebraucht wurden, gab es in Gestalt der Kätner. Zum Thelenhof gehörten zwei Katstellen, die in den Brüchen lagen. Jede besaß ein paar Morgen Land, einen Gemüsegarten, und es gab Platz für einige Schweine, eine Kuh und für Hühner. Dort lebten bescheidene Familien, die dem Bauern Hand- und Spanndienste leisteten, wann immer er sie benötigte, als Entgelt für das Land, das er ihnen überlassen hatte. Vom Bauern liehen sie sich auch ein Pferd, um ihr Land beackern zu können. So lebte man, einer für den anderen, unabhängig, autark. Die junge Vogelkirsche war ein Teil dieses Systems und leistete auch ihren Beitrag.

Die Agrarrevolution, die im 19. Jahrhundert mit der Entwicklung des Kunstdüngers begonnen hatte und die bewirken sollte, dass mehr und immer mehr Menschen von einer Bauernfamilie mitversorgt werden konnten, zeigte hier am Niederrhein, auf den stillen Höfen im Uedemer Feld, noch wenig Wirkung. Man lebte unverändert in der jahrhundertealten, bewährten Lebensweise.

Doch dann begann eine schlimme Zeit, und alles schien aus den Fugen zu geraten. Es war in den Jahren 1944/45. Zunächst bemerkte der alte Kirschbaum, dass die Schwestern des Bauern den Hof verlassen hatten, später auch der alte Vater. Nun gab es nur noch das Bauernehepaar und die alte Mutter. Die Arbeit war nicht mehr zu schaffen, und zwangsläufig machte alles rundherum einen mehr und mehr vernachlässigten Eindruck.

Es herrschte Krieg, doch davon ahnte der Kirschbaum nichts, weil dieser Krieg noch an anderen, fernen Schauplätzen stattfand. Dann, eines Tages, war erst von ferne, dann immer näher kommend Kanonendonner zu hören, später kamen auch Maschinengewehrsalven dazu. Des Nachts sah der Kirschbaum im Norden auf dem Höhenzug Geschützfeuer; das Grollen und der Donner dröhnten auch vom Hochwald herüber, der sich jenseits des Uedemer Bruchs erstreckte. Rundherum war die Hölle losgebrochen: Die Front walzte über den Niederrhein hinweg, es wurde erbittert um den Rheinübergang gekämpft. Panzerdivisionen der Engländer und Kanadier versuchten, sich eine Schneise bis zum Rhein zu bahnen. Vergebens, zu viele deutsche Soldaten hatten sich in den Wäldern verschanzt. Es war grauenvoll!

Eines Tages heulten unheilvoll die Sirenen; dann erschienen Geschwader von dicken Flugzeugen am Himmel und warfen ihre todbringende Fracht über dem Städtchen Uedem ab. Der Lärm war ohrenbetäubend, und der Baum erzitterte bis ins Mark. Hinter dem Höhenzug war nur noch eine große schwarze Qualmwolke zu sehen, und das Grollen der Geschützfeuer weiter im Norden und im Osten hörte nicht mehr auf. Rundherum fielen Städte und Bauernhöfe in Schutt und Asche, doch die Reihe der Höfe im Uedemerfelder Tal, zu der der Thelenhof gehörte, blieb zum größten Teil verschont.

Nur hier und da fielen Bomben und hinterließen große Trichter auf den Feldern oder zerstörten eine zufällig getroffene Scheune. So geschah es auf dem Nachbarhof. Die wilde Kirsche erbebte, als dort eine riesige Bombe detonierte und furchtbaren Schaden anrichtete. Auch die Obstwiese des Nachbarn war umgelegt. Ein Jeder und Jedes konnte das nächste Opfer sein. Doch die Höfe im Tal wurden nicht systematisch von Panzern angegriffen. Warum? Der Kirschbaum konnte nicht wissen, dass das Bruch hinter den Höfen sehr sumpfig war – dort gab es für die Panzer kein Durchkommen. Deshalb blieb das Uedemer Bruch von den Kampfhandlungen verschont; man ließ es in Ruhe, während rundherum die Panzerschlacht tobte.

Dann, eines Tages im Frühling, war die Zeit der Höllenangst vorbei. Kein Kanonendonner mehr, kein Geschützfeuer des Nachts! Der Baum atmete auf, ihm zitterten noch alle Äste. Was war geschehen? Die Engländer hatten die Bahnlinie erobert, die auf einem hohen Damm durch das Bruch führte, und mit ihren Panzern auf diesem Damm sicher die Stadt Wesel erreicht, wo sie auf einer Pon-

Der junge Baum links hinten, im Vordergrund ein Teil des riesigen Gemüsegartens, um 1947

tonbrücke über den Rhein setzten. Der Frieden war zurückgekehrt ins Uedemerbrucher Tal, es war wieder still geworden!

Aber es herrschte große Not. Viele Menschen aus den zerstörten Städten hatten auf den Bauernhöfen notdürftigen Unterschlupf gefunden, so auch auf dem Thelenhof, und sie mussten versorgt werden. Die Steckrübe war die wichtigste Frucht in diesem Winter gewesen, denn Kartoffeln hatte es schon bald keine mehr gegeben. Die Knollen wurden bei Eiseskälte von Hand auf den Feldern gezogen und – sonst nur Viehfutter – zu Suppe oder Mus gekocht. Später im Frühling beobachtete der Baum Menschen, die junge Brennnesseln schnitten oder Sauerampfer, auch junge Melde und Löwenzahn, um daraus Salat, Spinat oder Mus zu machen. Die Menschen sammelten eifrig die Gaben der Natur, um sich zu ernähren oder um Kaninchen zu füttern, die sie mästeten, um ab und zu etwas Fleisch zu haben.

Nach der Getreide- oder Kartoffelernte sah der Baum immer noch Menschen gebückt über die Felder laufen, um die letzten

Ähren aufzulesen für die Hühner oder um vielleicht noch einige liegengebliebene Kartoffeln zu finden. Der junge, aber stattliche Vogelkirschenbaum lieferte auch seinen Anteil: Mengen von rotschwarzen, wohlschmeckenden Früchten, die, mit Kernen gekocht, eine köstliche Suppe ergaben.

Nur nach und nach verließen die vielen Menschen die Höfe, denn wo sollten sie auch hin? Sie hatten ja keine Wohnungen mehr. Nur sehr langsam kehrte das bäuerliche Leben zurück, die Bombentrichter auf den Feldern wurden zugeschüttet, die vielen Granatsplitter abgesammelt und das Land wieder bestellt. Trauer und Verzweiflung waren noch allgegenwärtig, aber man war mit dem Leben davongekommen und durfte Hoffnung schöpfen. Auch die wilde Kirsche und alle anderen Obstbäume auf dem Thelenhof waren unversehrt geblieben.

Da, im Frühjahr des Jahres 1946, sah der Baum auf dem Feldweg merkwürdige Wagen herankommen. Drei waren es an der Zahl, von je zwei Pferden gezogen, große, viereckige Kastenwagen mit dicken Gummireifen, so wie der Baum sie noch nie gesehen hatte. Die Wagen waren hoch beladen, und bunte Teppiche waren als Dach und Schutz darüber befestigt. Diese drei Wagen bogen auf den Thelenhofer Hofplatz ein – und blieben! Die Pferde, viel kleiner und leichter als alle, die der Kirschbaum bisher gesehen hatte, wurden ausgespannt und in den Stall geführt, die Wagen entladen. Die Fahrer waren starke junge Männer, Brüder offenbar, sowie ihr Vater. Er hatte den Thelenhof der Familie Eulenburg-Hertefeld abgekauft, und sofort machten sich die drei ans Werk. Von nun an war es mit der Ruhe vorbei.

Es wurde gemauert und gehämmert. Anstelle der Schweinetüren wurden an der langen Seite des Bauernhauses ebenso große, schöne Sprossenfenster eingebaut wie im Vorderhaus, und die Sauen verschwanden von der Obstwiese, in der auch der wilde Kirschbaum stand. Er kam aus dem Staunen nicht mehr heraus. Ein paar Monate später kam der Vater mit einem leichten Pferdegespann auf dem Feldweg herangefahren; bei sich hatte er seine hübsche junge

Frau und seine Tochter, etwa acht Jahre alt. Er hatte sie in Geldern vom Bahnhof abgeholt. Nun war die Familie Arnim komplett. Sie machte es sich in den drei Zimmern gemütlich, die anstelle des Stalls für die Sauen im Hinterhaus neu entstanden waren. Das Bauernehepaar Weber mit der alten Mutter wohnte weiter im alten Trakt des Vorderhauses.

Gespannt und neugierig verfolgte der Kirschbaum das bunte Leben, das auf dem Hof Einzug gehalten hatte. Endlich geschah etwas! Mit der Jahrhunderte währenden Lethargie war es vorbei. Zu dem Vater und den zwei Brüdern gesellten sich bald mehr und mehr junge Menschen, die alle auf dem Thelenhof beim Auf- und Umbau mithalfen. Der Baum hörte Dialekte wie Ostpreußisch, Schlesisch, das rollende R aus Siebenbürgen und Uckermärkisch. Nur Niederrheinisches Platt hörte er bald nicht mehr, denn die Webers waren nach einiger Zeit auf den Berghof umgezogen. Der Vater hatte ihnen auf der Anhöhe bei Uedem eine neue Hofstelle errichten lassen. Der Kirschbaum konnte deren rotes Backsteingemäuer und die roten Dächer am Horizont sehen. Dieser Hof und 25 Morgen Land waren nun Eigentum der Familie Weber; sie waren keine Pächter mehr.

Der Kirschbaum stand und schaute, denn ab jetzt ging es erst richtig los: Die Familie Arnim zog im Vorderhaus ein. Es musste sehr hübsch und gemütlich dort drinnen sein, denn ab und zu, wenn das Licht günstig stand, erblickte der Baum schöne alte Möbel in den Zimmern. Nun qualmte auch ein anderer, neuer Schornstein weiter hinten am Haus, denn dort war die neue Küche entstanden. Der alte Schornstein im Vorderhaus rauchte nur noch ab und zu im Winter, wenn die Eltern in ihrem neuen Wohnzimmer den Kamin anmachten. Die kleine Gabriele – so wurde das Mädchen gerufen – strolchte durch Garten, Scheunen, Ställe und auf dem Dachboden herum und erkundete ihr neues Zuhause mit viel Eifer. Die Brüder arbeiteten fleißig zusammen mit vielen munteren jungen Leuten, die froh waren, nach dem Krieg eine Bleibe gefunden zu haben.

Die jungen Männer bauten Ställe und Scheune um und modernisierten sie, die jungen Mädchen bewältigten unter der Anleitung der Mutter den riesigen Haushalt und den Gemüsegarten. Abends und feiertags ging es hoch her: Auf dem Dachboden, wo sich alle Zimmer für die jungen Leute befanden, wurde gelacht und gejuchzt, und einige Male spannte ein junges Mädchen eine Wäscheleine von ihrem Fenster hinüber zum wilden Kirschbaum, an die sie dann ihre Höschen und BHs hängte. Ob das wohl eine Einladung sein sollte? Das fragte sich nicht nur der Baum.

Eines Tages sah der wilde Kirschbaum Mutter und Vater gemeinsam über die Obstwiese vor dem Haus gehen und hörte sie miteinander reden.

„Dieser wunderbare Baum muss unbedingt stehen bleiben", hörte er den Vater sagen, und es wurde ihm ganz blümerant zumute.

„Und die übrigen Obstbäume auch, genau wie der wilde Ginsterbusch am Weg", antwortete die Mutter. „Denk doch nur, wie wundervoll es aussieht, wenn sie alle blühen. Und die vielen Kirschen, die wir ernten können!"

„Was passiert jetzt?", fragte sich bang der Kirschbaum.

Nach ein paar Tagen lief ein unbekannter Mann über das Weideland, ein Gartenarchitekt, wie man bald bemerken konnte. Er entwarf einen Plan, denn die Eltern wollten dort, wo jetzt noch die Schweineweide war, einen großen Garten anlegen lassen, und all die schönen Obstbäume sollten dem Garten seinen bäuerlichen Charakter bewahren.

Welch ein wunderbarer Plan! Und welch ein unerhörter Luxus! Nach Krieg, Flucht und Not einen solch großen Garten anlegen zu lassen, war das Symbol eines glücklichen, freudetrunkenen Neubeginns auf dem Thelenhof.

Dann pflügten die Pferde das Weideland und zogen es mit der Egge glatt. Aufgeregt beobachtete der Kirschbaum, wie der Architekt seine Linien zog, seiner Phantasie freien Lauf ließ. Und dann wurde das neue Gartenland bepflanzt. Ziersträucher, Rhododendren und Azaleen, immergrüne Büsche, Magnolien und Hisakura,

Kletterrosen an den Mauern und Rosen in Rabatten, auch Stauden aller Art. Es war so aufregend, so schön für den Kirschbaum, dies mitzuerleben, dass er sich mit einer üppigen, prachtvollen Blüte bedankte – Ende April, als der Garten fertig bepflanzt war, die Rasenflächen sich begrünten und schon die ersten Blumen blühten.

„Sieh nur, wie herrlich die Kirschbäume blühen!", rief die Mutter ihrem Mann zu, und der wilde Kirschbaum war überglücklich, dass auch er dazugehören durfte.

Er nahm sich vor, die Menschen Jahr für Jahr mit einer üppigen Blüte und reicher Frucht zu erfreuen. Wenig später begannen die Apfelbäume im Garten zu blühen, aber nicht nur dort, auch auf der Apfelweide östlich des Hofes und hinter dem Gemüsegarten. Es waren so viele! Der Hof lag eingebettet in einen rosa Traum, ganz so wie die anderen Höfe im Uedemerfelder Tal auch, und von der Anhöhe aus betrachtet war das Bild schöner denn je.

Dann, ein wenig später, stand plötzlich ein kleines Babykörbchen im jungen Garten auf dem Rasen, und die große Dogge lag davor und bewachte es. Ein zweites Mädchen war geboren, Annabel genannt, und oftmals standen die Eltern selig am Körbchen und bestaunten das Kind. Endlich ein Baby, frohlockte der Kirschbaum. Denn Webers waren kinderlos geblieben, und deshalb war es oft sehr still auf dem Hof gewesen. Doch damit war es ja nun vorbei.

Es gab so viel zu beobachten und zu bestaunen. Der Gemüsegarten wurde, so wie es immer geschehen war, hervorragend bestellt und gepflegt, jetzt jedoch von Großvater Fink, der inzwischen auch auf den Thelenhof gezogen war. Seine immerwährende gute Laune wirkte ansteckend auf jedermann, und der Kirschbaum liebte es, ihm bei der Arbeit zuzusehen.

Auf den Weiden hinter dem Hof gab es jetzt auch eine kleine Schafherde. Fast jedes Jahr zog die Mutter ein oder zwei Lämmchen mit der Flasche groß, die ihr dann munter den ganzen Tag durch Haus und Garten hinterherliefen. Und es gab noch etwas auf der Weide, das der Kirschbaum zuvor nie gesehen hatte: Nutrias. Die vielen bibergroßen, braunschwarzen Tiere mit den roten Nage-

Der Kirschbaum mit der kleinen Annabel im neu angelegten Garten, ca. 1949

zähnen lebten sehr zufrieden auf einer großen eingezäunten Weide und schwammen in einem betonierten Wassergraben.

Auf dem Geflügelhof gab es jetzt viel mehr verschiedene Arten als früher: Der Vater hatte auch Tauben auf seinem Treckwagen mitgebracht und auf dem Thelenhof gleich einen Taubenschlag gebaut. Es gab Puten mit einem furchterregenden Truthahn und Perlhühner, die immer zu laut schrien und sich überall herumtrieben. Es gab die Legehennen, die nur nachts eingesperrt wurden wegen des Fuchses, tagsüber aber, wie das übrige Geflügel auch, frei herumliefen, pickten und scharrten und an sonnigen Stellen ein Staubbad nahmen. Die Enten und Gänse liefen jeden Morgen, wenn sie aus dem Stall gelassen wurden, sofort zum Hofteich, der ihr liebster Aufenthaltsort war.

Die Zuchtsauen schubberten sich jetzt auf der Obstweide östlich des Hofes an den Bäumen, hier grasten auch oft die Ackerpferde.

Die Milchkühe hingegen kamen übers Sommerhalbjahr ganz auf die Weide, auf die Wiesen weiter unten im Bruch, wo sie auch morgens und abends gemolken wurden. War das ein Spaß, wenn am 1. Mai Weideaustrieb war! Die Jungrinder und die Milchkühe, die den ganzen Winter über im Stall geblieben waren, konnten es gar nicht erwarten und rannten buckelnd und blökend auf die Weide, wo sie überglücklich noch tüchtig umhersprangen, bevor sie ihre Mäuler in das schon üppige junge Grün senkten. Alle Menschen vom Hof sahen bei diesem Ereignis zu, auch Gabriele und Annabel.

Auf den Feldern gab es viel Arbeit für Mensch und Tier. Der Baum stand und schaute den fleißigen Pferden zu, wie sie alles erledigten, was es zu tun gab: Sie pflügten, eggten, säten das Getreide, hackten und häufelten die Kartoffeln, striegelten die Weiden, mähten, wendeten und rechten das Heu, walzten das Rübenland, und im Sommer zogen sie den Mähbinder durch das Getreide und die schweren Erntewagen von den Feldern. Im Herbst pflügten sie die Kartoffeln aus und zogen auch hier die schweren Wagen vom Feld bis an die Miete, dann harkte ein Pferd das Kraut zu Haufen zusammen, und es wurde entzündet. Wie gut das roch! Der Kirschbaum liebte es. Die Pferde grubberten die Stoppelfelder, und dann zogen sie wieder gemächlich schnaubend den Pflug. Bei der Rübenernte waren die voll beladenen Wagen so schwer, dass oftmals zwei Pferde vorgespannt wurden, um sie zur Miete zu ziehen, genauso das Rübenblatt. Dann prusteten und schwitzten die Tiere oftmals sehr. So war es auch im Winter, wenn sie hoch beladene Mistwagen aus dem Tiefstall ziehen mussten bis aufs Feld, wo er dann durch die Menschen von Hand verteilt und breit gestreut wurde.

Ebenfalls im Winter drangen an manchen Tagen eine Staubwolke und ein lautes Brummen aus der großen Scheune. Später wurde ein Sack Kaff für die Hühner auf den Hof gekippt, die dann sofort herbeigerannt kamen und selig darin scharrten und pickten. Es wurde gedroschen! Am Tag darauf konnte der Kirschbaum stets beobachten, wie ein Pferdewagen mit den schweren Säcken beladen und rückwärts ins Hinterhaus des Bauernhauses gesetzt wurde.

Dort trug man die Säcke auf den Kornspeicher, wo sie so lange blieben, bis sie zur Mühle gefahren werden konnten. Dann zog ein Pferd einen der Ackerwagen, die auch die Treckwagen gewesen waren, voll beladen mit Säcken auf dem Weg am Kirschbaum vorbei Richtung Mühle.

Der Baum hatte sich inzwischen längst an die vierrädrigen Ackerwagen gewöhnt. Sie sahen so ganz anders aus als diejenigen, die hier am Niederrhein gebräuchlich waren und die auch die Webers besessen hatten: schwere hölzerne Kippkarren, einachsig und mit riesigen Holzrädern. Ein schweres Pferd musste davor gespannt sein, denn wenn die Karren zum Beispiel mit Kartoffeln oder Rüben beladen waren, hatte das Tier durch einen großen hölzernen Sattel und einen breiten Bauchgurt das Gewicht der Ladung abzufangen. Wurde der Gurt gelöst, konnte man die Karre abkippen, was wirklich sehr praktisch war.

Doch im Großen und Ganzen wurde auf dem Thelenhof weitergewirtschaftet wie eh und je, ganz so, wie es der Baum auch in seinem bisherigen Leben gekannt hatte. Gewiss, es war bedeutend lebhafter geworden, es gab viele Menschen, Jugend, Kinder. Doch angebaut wurde hauptsächlich für den eigenen Bedarf; man war Selbstversorger wie vor dem Krieg auch. Im Sommer wurden die langen Leitern in die Kirschbäume gestellt und überall in den Kronen verteilte man Stanniolpapierstreifen, die in der Sonne blinkten und knisterten und so die gefräßigen Stare vertrieben. Es lohnte sich. Später pflückten die Männer eimerweise köstliche Kirschen oder schüttelten sie herunter. Und dann saßen wieder lachende und schwatzende Frauen beisammen und entkernten die Früchte, um sie hernach einzuwecken.

So ging es viele Jahre fort. Mittlerweile waren schon längst keine jungen Männer und Frauen als Eleven mehr da; auch die beiden Brüder hatten den Hof verlassen, und Gabriele kam nur noch an den Wochenenden aus dem Internat. Stattdessen verrichteten jetzt festangestellte Männer die Arbeit, fröhliche Gesellen, die viel lachten und den ganzen Tag lang sangen, bei der Feldarbeit, beim Melken und abends in der Küche. Der Kirschbaum hörte aber auch des Abends, wie sie auf dem Hofplatz laut und wild Fußball spielten.

Annabel, das Kind, trieb sich oft bei ihnen herum, denn sie waren lustig, und ständig passierte etwas. In der Küche waltete jetzt eine kleine, stets mit einer adretten weißen Schwesternschürze bekleidete Frau, die mordsfleißig war und auch das Geflügel versorgte. Von allen wurde sie „Pita" gerufen. Der Großvater Fink war leider fortgezogen, und der Kirschbaum vermisste ihn sehr. Kein alter Herr mehr, der sich in weißer Kapitänsjacke und mit Strohhut um den Gemüsegarten kümmerte!

Je mehr Annabel heranwuchs, desto wilder wurde sie. Nicht nur, dass sie die Ackerwagen schon zu fahren verstand, hoch beladen heim vom Feld oder mit Säcken zur Mühle, sie lief auch schon hinter der Saategge oder hinter der Walze. Und stets wurde abends noch geritten. Der Kirschbaum konnte beobachten, wie die Ackerpferde, von den Männern und von Annabel geritten, in Reih und Glied antraten und auf Kommando in wilder Hatz davonstoben, hinunter in die Wiesen im Bruch.

In den folgenden Jahren gesellte sich zu dem Mädchen eine Horde Jungens aus Uedem, die sie beim Kartoffelsammeln kennengelernt hatte, wo es ja immer sehr vergnügt zuging. An jedem Nachmittag fiel diese Horde auf dem Hof ein, half bei der Arbeit, wo sie gebraucht wurde, oder spielte mit Annabel. Das Schönste für sie alle war jedoch, wenn sie reiten durften. Und so hatten die Pferde nicht mehr sehr viel freie Zeit. Der Baum stand und schaute, wie die Kinder an jedem Abend mit den Ackerpferden noch einen kleinen Parcours sprangen, den sie sich auf der Weide gebaut hatten, oder wie sie Rennen ritten oder an den Sonntagen von dannen ritten in den großen Wald und nach Stunden erst wiederkamen. Die Pferde, so schien es, waren für die Kinder der Mittelpunkt und das Wichtigste auf dem Hof.

Im Winter aber gab es andere Vergnügungen. Bei Frost hörte der Baum vom Hofteich her Stöcke auf das Eis klopfen, die Jungen rufen und schreien, das Mädchen lachen. Sie spielten Eishockey, jeden Tag viele Stunden lang, oftmals auch unterstützt von den

Söhnen der Nachbarbauern. Mein Gott, da ging es hoch her auf dem Teich – welch ein Spaß! Der Kirschbaum konnte sich nicht satt hören daran.

Das Landleben um den Kirschbaum herum war einem beständigen Rhythmus untergeordnet: den Jahreszeiten, den Hauptarbeits- und den Ruhezeiten, der Freizeit. Es nahm jahraus, jahrein den gleichen Lauf. Stets war es lebhaft, bunt, fröhlich, zuweilen auch von schwerer Arbeit geprägt.

Längst gab es die Nutrias nicht mehr, und auch die Milchkühe verließen irgendwann den Hof. An ihrer statt gab es nun Mastbullen, und es wurde viel Gemüse angebaut: Mohrrüben, Kohl aller Art, auch Erbsen. Es gab viel Handarbeit: Pflanzen, Gießen, Hacken, und auch die Pferde zogen eine Hackmaschine durch die Reihen. Im Winter wurde der Kohl von Hand geputzt, bevor er verkauft wurde. Das Mädchen Annabel half überall im Betrieb mit. Nach der Schule erschien sie täglich auf dem Hof, begleitet von ihrem Dackel, und verrichtete alle Arbeiten, die von ihr verlangt wurden, am liebsten jedoch die Feldarbeit mit den Pferden.

Manchmal kam in jenen Jahren auf dem Feldweg schon ein Trecker entlang getuckert, mit einem Anhänger dahinter, und auf einigen Feldern in dem stillen Uedemerfelder Tal pflügten sie schon anstatt der fleißigen Pferde. Eines schönen Sommers erschien auf dem Thelenhof-Feld ein Ungetüm, wie es der Kirschbaum noch nie gesehen hatte: ein Mähdrescher. Von nun an brauchten die Pferde den Mähbinder nicht mehr zu ziehen; zu viert waren sie immer davor gespannt worden. Der Mähdrescher drosch das Getreide gleich auf dem Feld, und es wurde, in Säcke gefüllt, von einem Pferd heimgefahren. Gleichzeitig war das friedvolle Bild der Getreidehocken verschwunden, die seit Menschengedenken im Sommer auf den Stoppelfeldern gestanden hatten.

Dann, im Herbst, ein ähnliches Bild: Ein Monstrum von einer Kartoffelerntemaschine bewegte sich jetzt, von einem Trecker gezogen, langsam übers Feld und pflügte die Kartoffeln aus. Einige Menschen selektierten sie, auf der Maschine stehend. Das schöne

Bild der Pferde jedoch, die den Kartoffelpflug zogen, der Vielzahl von Frauen und Kindern, die lachend und schwatzend auf Knien kriechend die Kartoffeln in Körbe sammelten, der Männer, die die Kiepen zum Pferdewagen trugen – dieses Bild war plötzlich verschwunden. Ehe sich's der Kirschbaum versah, waren erste große Veränderungen eingetreten, und es sah nicht so aus, als würden die alten Bilder je zurückkehren.

Der große Garten hatte sich unterdessen zu voller Schönheit entfaltet. Von Ende Januar bis zum Spätherbst blühte es hier unablässig, denn er war genau unter diesem Gesichtspunkt angelegt worden. Vom Höhenzug aus konnte man die Hisakura-Kirschen in ihrem kräftigen Rosa oder die prachtvollen Magnolien leuchten sehen, wenn sie in Blüte standen, und der Kirschbaum fühlte sich wohl in so vornehmer Gesellschaft und blühte mit ihnen um die Wette. Die Mutter pflegte alles liebevoll. Stets sah man ihre zierliche Gestalt beim Hacken, Jäten und Pflanzen. Im Frühling hörte der Baum sie sagen: „Schau nur, wie phantastisch, diese Kirschblüte! Wie schön und richtig war es doch, die Obstbäume im Garten zu belassen!"

Mittlerweile war um den Garten herum die Buchen- und Weißdornhecke herangewachsen, die der Vater gepflanzt hatte, um den sandig-staubigen Feldweg vom Garten zu trennen. Nun war es ein abgeschlossenes, friedvolles, üppig blühendes Reich, das in allen Farben schwelgte und in dem die Vögel sangen, die Bienen summten und die Schmetterlinge umhergaukelten. Und der Kirschbaum war glücklich. Er wuchs und gedieh immer noch und hatte inzwischen eine riesige Krone mit kräftigen Ästen gebildet, in die im Spätsommer bedenkenlos die schweren Holzleitern zum Pflücken gestellt werden konnten. Noch geschah das auch – noch gab es genügend Arbeitskräfte.

Doch eines Tages änderte sich alles ganz schnell – es war zu Beginn der 1960er Jahre. Plötzlich standen ein Traktor und ein paar moderne Maschinen dazu auf dem Hof. Der Kirschbaum sah die Ackerpferde nicht mehr, nur noch eines, das man „Lotte" rief. Auf dem Feld schnaufte jetzt der Trecker, er pflügte, grubberte, streute Kunstdünger und verrichtete alle Arbeiten, die bisher von Pferden erledigt worden waren. Noch konnte der Kirschbaum auf einigen Nachbarfeldern Pferde gemächlich arbeiten sehen, doch eines Tages war auch dort der altvertraute Anblick für immer verschwunden. Auch die fröhlichen Männer waren nicht mehr da. Stattdessen gab es nur noch einen einzigen Mann, einen, den der Baum bisher noch nicht gesehen hatte. Er allein war nun für alle Arbeiten auf dem Hof zuständig, was mit Hilfe der neuen Maschinen und des Traktors möglich geworden war. Aber da er allein war, gab es nur noch selten Lachen, Singen oder Schwatzen zu hören. Es war wieder still geworden auf dem Hof.

Die Ställe waren auch wieder umgebaut worden, sodass der große Rinderstall mit dem Trecker entmistet werden konnte und so eine zeitgemäße Ferkelzucht möglich wurde. Doch immer noch gab es sehr viel Handarbeit. Auf der Apfelweide östlich der Hofgebäude entstanden große Schweinebuchten mit Mistplattformen, Futterkrippen und reichlich Weideland dahinter. Dorthin kamen die Ferkel nach dem Absetzen von den Sauen und wuchsen in Freiheit heran, bis sie zur Endmast noch einmal in den Stall mussten. Dort draußen allerdings wurden sie von Hand gefüttert und entmistet, keine leichte Sache. Annabel half nach Kräften; überall auf dem Hof war sie im Einsatz.

Aber sie hatte auch ein Reitpferd bekommen, eine Warmblutstute, die der Vater auch zur Zucht benutzte. So ritt das Mädchen nicht nur täglich auf ihrem Reitviereck und sprang den bunten Parcours, den sie sich gebaut hatte, sondern der Hof bevölkerte sich auch sehr schnell mit immer mehr Pferden, die ausgebildet und verkauft werden mussten. Des Sonntags sah der Kirschbaum Annabel mit ihren Reiterkameraden aus der Nachbarschaft auf einem Trecker davonfahren, dahinter einen großen Holzkastenhänger mit den Pferden darin. Abends kamen sie dann wieder heim und hatten stolz die Schleifen, die sie auf den Turnieren gewonnen hatten, seitlich am Trecker angebracht. Wenn es keine Turniere gab, ritten sie sonntags in den Wald und kamen erst nach Stunden wieder.

Das Leben auf dem Hof war ein anderes geworden. Die Zeit blieb eben doch nicht stehen. Auch der wilde Kirschbaum spürte das. Selten nur wurde er noch abgeerntet, immer öfter wurden seine Früchte den Vögeln überlassen. Es war keine Zeit mehr übrig für derartige Arbeiten. Ebenso erging es den vielen Apfelbäumen in der großen Obstwiese, sie wurden nicht mehr abgeerntet. Einem nach dem anderen schälten die Pferde die Rinde herunter, sodass sie jämmerlich eingingen. Die Obstwiese lichtete sich mehr und mehr, und herrliche alte Obstsorten wie Gravensteiner, Sternrenette, Williams Christ Birne und Knupperkirsche verschwanden für immer. Auch im Garten hatten sich die Reihen der Obstbäume längst gelichtet. Die ersten veredelten Süßkirschen mussten gefällt werden, denn sie waren brüchig geworden, weil sie bei Weitem nicht so alt wurden wie eine Vogelkirsche.

Eines Tages erschienen auf dem Feldweg, der an den Höfen entlangführt, große Maschinen. Der wilde Kirschbaum stand und schaute zu, wie der viele Sand vom Weg fortgeschoben und abgefahren, wie ein Schotterbett bereitet … und wie dann der Weg asphaltiert wurde.

„Da wird sich aber der Postbote freuen, dass er sich mit dem Fahrrad nicht mehr durch den Sand quälen braucht!", dachte er.

Doch es freuten sich auch die wenigen Autofahrer, die nun viel schneller vorbeigefahren kamen. Im Laufe der Jahre kamen immer mehr Traktorfuhrwerke vorbei und immer weniger Pferdewagen, bis der Kirschbaum schließlich gar keine mehr zu Gesicht bekam.

Auch Annabel war vom Hof verschwunden; ein ganzes Jahr lang blieb sie fort. Sie hatte die Schule abgeschlossen und war auf einen landwirtschaftlichen Lehrbetrieb gegangen, denn sie wollte Landwirtin werden. Es war still in dem Jahr ohne das Mädchen. Die Eltern waren nicht mehr jung, der Vater beruflich viel fort, sodass auf dem Hof der fleißige Mann, die gute Pita und ein Rentner für die Pferde und den Gemüsegarten die einzigen Menschen waren, deren Tun der Kirschbaum beobachten konnte – sowie das der Mutter, die wie eh und je unermüdlich in dem wundervollen Blumengarten jätete, hackte, säte und pflanzte. Hier hielt sie sich so gern auf, und unter ihren Händen entfalteten sich Stauden, Rosen und Sommerblumen in ihrer schönsten Pracht.

Dann kehrte Annabel zurück, und ab diesem Zeitpunkt sah der Kirschbaum den starken jungen Mann nicht mehr. Er war fortgegangen und hatte Annabel die Bewirtschaftung des Thelenhofes überlassen. Unmöglich für ein Mädchen allein! Es gab noch viel zu viel Handarbeit. Doch die wollte kein Mann tun. So staunte die Wildkirsche eines Tages nicht schlecht, als auf dem Hof zwei junge Frauen munter ans Werk gingen. Im Stall, auf den Feldern, auf den Weiden, auch im Gemüsegarten sah er sie bei der Arbeit, nur äußerst selten unterstützt von einem Tagelöhner. Es gab sehr viel zu tun für die Mädchen. Sie hatten kaum noch Augen für die Schönheit des Gartens oder einen Sinn für die Früchte, die er schenkte, und das machte den Baum traurig. Immerhin blühte er noch schön und konnte dadurch den Menschen auf dem Hof Freude bereiten. Er hatte ein reifes Alter erreicht und spürte die Last seiner Äste mehr und mehr. Und so kam es, dass die Mutter Annabel verbot, noch eine schwere Leiter in die Krone des Baumes zu stellen. Es war zu gefährlich geworden.

Der Baum stand wie eh und je und schaute. Nach und nach kamen immer mehr moderne Maschinen auf den Hof, die den jungen Frauen viele Arbeiten erleichterten, auch ein stärkerer Traktor, mit dem das Pflügen nur noch halb so lange dauerte. Alles Getreide von den Feldern wurde als Schweinefutter verwendet und daher auf den Speicher befördert. Das viele Stroh auf den Feldern wurde gepresst, dann stakten die Mädels es auf die Erntewagen und packten es hoch, fuhren es zum Hof und luden es an der Scheune auf den Höhenförderer, um es auf den Stallboden zu verfrachten, Tausende von Ballen. Eine harte Arbeit, bei der glücklicherweise oftmals auch männliche Hilfe zur Stelle war. So kam zwei Sommer lang ein putzmunterer französisch sprechender junger Mann zu Hilfe, der mit Annabel nach Feierabend auch noch ausritt. Die Mädels wechselten von Jahr zu Jahr. Alle waren bewundernswert fleißig und fröhlich. Dann, Ende der 1960er Jahre, erschien ein anderer junger Mann auf dem Thelenhof. Er half ab und zu auch mit, aber während der Woche war er nicht zu sehen. Er studierte in Soest Agrarwissenschaften. An den Wochenenden aber half er Annabel beim Schweinemisten oder bei der Ernte, oder er ging mit Vater Arnim zur Jagd.

Ein Jahr später schaute der Baum zu, wie der ganze Hof besonders schön hergerichtet wurde, auch der Garten und sicher auch das Haus. Und dann erschienen eines Tages im Herbst eine große Reitereskorte und eine schön geschmückte Kutsche auf dem Thelenhof, um Annabel und ihren Bräutigam abzuholen. Der Baum stand und schaute, wie das Brautpaar im offenen Landauer bei herrlichstem Sonnenschein durch die hellgrüne Flur nach Uedem zur Kirche gefahren wurde, geleitet von den vielen schön herausgeputzten Reitern, Pferden und Standarten. Später standen lauter festlich gekleidete Menschen im Garten, hatten ein Sektglas in der Hand und unterhielten sich. Annabel sah so schön aus in ihrem weißen langen Kleid mit dem Spitzenschleier, so ganz und gar verwandelt!

Und im folgenden Frühling wiederholte sich das Bild, das den Kirschbaum schon einmal vor vielen Jahren zutiefst gefreut hatte: Ein Babykörbchen stand im Garten, und wieder lagen die Hunde des Hauses, ein Dackel und ein Jagdhund, davor und bewachten es. Die Eltern Arnim, nun alt geworden, standen selig davor und bewunderten das Kindchen. Annabel hatte ein Mädchen geboren, und das Glück war groß. Aber die schwere Arbeit auf dem Hof war nicht weniger geworden, im Gegenteil: Vieles war liegen geblieben während des Winterhalbjahres, in dem Annabel die Meisterschule besucht hatte.

Das Babykörbchen stand täglich einige Stunden im Garten unter der schattigen Krone eines Apfelbaumes, und das Baby beobachtete aufmerksam das Spiel der Blätter im Wind. Da, eines ruhigen sonnigen Tages, brach der Apfelbaum mit fürchterlichem Krachen aus heiterem Himmel völlig in sich zusammen. Welch ein Schreck für den wilden Kirschbaum – er hatte nicht mitbekommen, dass das Baby an jenem Tag, Gott weiß warum, nicht unter dem Apfelbaum gestanden hatte, sondern unter der alten Edelkirsche am Haus. Es war behütet worden; doch die Eltern beschlossen nun, alle restlichen, inzwischen alt gewordenen Obstbäume im Garten zu fällen und nur die Wildkirsche noch stehen zu lassen, da sie immer noch so prachtvoll blühte und auch viel älter wurde. Auch die veredelte Schwarzkirsche vor dem Haus wurde gefällt. Unter ihr war eine junge Eiche gerade und schön herangewachsen, sie hatte sich selbst ausgesamt. Diese, so beschloss der Vater, sollte sich nun frei entwickeln und eines Tages dem Haus Schatten spenden. Der alternden Wildkirsche war gar nicht wohl zumute.

„Was ist das Leben noch wert, wenn einem alle Freunde und Lebensgefährten wegsterben?", fragte sie sich.

Sie wurde traurig, und ihre Äste wurden immer brüchiger. Aber sie stand doch in einem wunderschönen Garten, und sie durfte teilhaben an allem, was auf dem Hof geschah. Es gab so viel Grund, dankbar zu sein!

Nachdem wieder einmal eine Ernte eingebracht worden war, das viele Stroh gepresst auf den Scheunenböden verstaut war und alle Felder gegrubbert, leerten sich mehr und mehr die Schweineställe, bis sie schließlich ganz verwaisten. Die schönen neuen Maschinen verließen eine nach der anderen den Hof, die letzten Obstbäume in der großen Wiese, wo die Schweine gewesen waren, wurden gerodet und das Land gepflügt. Dann sah der Baum einen kleinen Möbeltransporter auf den Hof fahren, auf den Annabel und ihr Mann ihre Habe luden, ihr Baby und ihren Hund nahmen und den Hof verließen. Drei alte Leute – die Eltern und Pita – winkten zum Abschied und gingen gebeugt ins Haus zurück.

Der Vater hatte den Thelenhof verpachtet. Die Ställe sollten leer bleiben, die Felder und Wiesen jedoch bewirtschaftet werden. Lediglich die Pferde verblieben noch auf dem Hof und wurden von einem alten Polen versorgt. So gab es zum Glück noch etwas Leben. Dennoch war es nie so still auf dem Hof und im Garten gewesen wie zu jener Zeit. Dass es noch schlimmer kommen sollte, konnte der Kirschbaum nicht ahnen. Die drei alten Menschen taten, was sie konnten, doch ohne Vieh und ohne geschäftiges Treiben auf dem Hofplatz schritten Verfall und Verwilderung so unglaublich schnell voran, das alles immer trostloser wurde. Die Mutter jätete und zupfte unermüdlich im Garten, während auf dem Hof das Unkraut wuchs, schließlich auch aus den Mauerritzen der Ställe. Alle waren todtraurig – die Eltern, Pita und auch Annabel, wenn sie alle paar Wochen kurz zu Besuch kam. Sie wohnte jetzt in Norddeutschland, weit fort, wo sie mit ihrem Mann ein Leben auf seinem Gutshof an der Ostsee führen wollte. Doch der rapide Verfall auf dem Thelenhof nahm ihr alle Freude auf die Zukunft, denn jedes Mal war es schlimmer. Auch die Felder, bisher so tadellos, verwahrlosten zusehends. Es war nicht mit anzusehen.

Knapp zwei Jahre später, es war 1973, blieb Annabel, unterstützt von einem Mädel, für einige Wochen da und brachte in einem Kraftakt vieles in Haus und Garten in Ordnung. Der Kirschbaum stand und schaute, wie Fenstersimse und Tore neu gestrichen wurden, das Unkraut vernichtet, schöner weißer Kies verteilt und, vor allem, wie neue rot-weiß-rote Fensterläden angebracht wurden und dem alten Bauernhaus mit einem Mal ein frisches, attraktives Aussehen gaben. Ein kurzer Freudentaumel erfasste alle, doch er währte nicht lange: Kurze Zeit später erschien ein großer Lkw auf dem Hof, auf den alle Pferde geladen wurden. Dann verließ Annabel mit dem anderen Mädel und den Pferden den Hof Richtung Ostsee. Die Eltern und Pita standen abermals da und winkten, und der Vater gab den Pferden mit seinem Auto noch ein letztes Geleit. Ab jetzt begann die furchtbarste Zeit, die der wilde Kirschbaum auf dem Thelenhof erlebte – denn es war die hoffnungsloseste.

Es war so still. Auf den Wiesen graste jetzt Jungvieh von anderen Bauern, aber kein Laut drang aus den Ställen, niemand ließ sich auf dem Hofplatz blicken, und nur selten noch zeigte sich die Mutter im Garten. Der Gemüsegarten war aufgegeben worden; Annabel hatte ihn zur Hälfte mit Baumsämlingen aus dem Wald bepflanzt, die schon kräftig wuchsen. Nur noch Himbeeren und Johannisbeeren, die im Unkraut standen, wurden abgeerntet. Die

Eltern und Pita waren gebückt und bedrückt, und der Vater sah sehr schlecht aus – dann wurde er krank. Hin und wieder erschien Annabel auf dem Thelenhof und arbeitete mit, so gut sie konnte, um die Eltern zu unterstützen.

Der Vater erschien immer seltener im Garten – und irgendwann überhaupt nicht mehr. Er war gestorben. Jetzt lebten nur noch die Mutter und Pita tapfer auf dem Hof, und es betrübte den Kirschbaum zutiefst, die Einsamkeit der beiden mit anzusehen. Es war trostlos!

Da! Endlich geschah etwas. Handwerker rückten an, deckten das große Satteldach des Bauernhauses an der langen Seite zum Garten ab, und dann zimmerten sie eine neue große Fenstergaube. Das Hämmern der Zimmerleute war das fröhlichste Geräusch, das der Kirschbaum seit Langem vernommen hatte. Es wurden ebenso schöne weiße Sprossenfenster eingebaut wie unten, und die Gaube verkleidete man mit Schiefer. Und dann hörte der Baum noch viele Wochen lang die geschäftigen Stimmen und das Hämmern und Sägen der Handwerker unter dem Dach. Ob da wohl eine neue Wohnung entstand? Schließlich wurde das gesamte Dach des Bauernhauses neu gedeckt. Wie herrlich sah jetzt alles aus!

Etwas später erschienen ein Mann und eine Frau mit einem Hund und einer Katze – und blieben! Sie waren aus der Stadt in die neue Wohnung auf dem Thelenhof gezogen und leisteten fortan den beiden Alten Gesellschaft. Ab jetzt hörte der Baum des Öfteren wieder Lachen und Schwatzen, denn die beiden waren sehr gesellig. Die Frau versuchte sogar Ordnung in den verwilderten Gemüsegarten zu bringen und kämpfte sich tapfer durch das Unkraut, um allerlei Nützliches anzubauen. Der Baum mit seinen morschen Ästen stand und schaute und war sich noch nicht sicher, ob ihm das alles nun gefiel oder ob nicht. Wo war das bäuerliche Leben geblieben, das ihm von Jugend an so vertraut gewesen war? Es war weit und breit nichts mehr davon zu spüren. Vergangen, vorbei! Stattdessen sausten auf dem Asphaltweg vor der Gartenhecke immer größere Traktoren vorbei mit Pflügen, die immer mehr

Schare hatten. Verflossen auch das schöne Bild der Heureuter auf den Wiesen, die wochenlang in der Junisonne gestanden hatten. Stattdessen erschienen im Mai auf den Feldern Kreiselmäher, um das Gras zu schneiden, die dermaßen breit waren und derartig schnell fuhren, dass kein brütender Fasan und kein Hase eine Chance hatte. Ein großer Häcksler besorgte dann den Rest. Und es gab immer mehr Maisfelder. Diese wurden im Spätherbst oftmals auch nachts gehäckselt, von einem Lohnunternehmer, und dann flogen alle Fasanen in Panik in das grelle Scheinwerferlicht und landeten in der Maissilage. Die Trecker donnerten auf dem Weg hin und her, um das Futter zur Silomiete zu fahren. Action rund um die Uhr! Es verwirrte den alten Baum. Die eigenen Felder hingegen verwilderten immer mehr, sie wurden noch nicht einmal mehr gepflügt. Wo sollte das hinführen?

Dann, an einem schönen Herbsttag, erschien Familie Derksen auf dem Thelenhof, und alle saßen fröhlich mit der Mutter im Garten zusammen. Sie waren die neuen Pächter. Nun sah der Baum mit Freude wieder Vieh in die Ställe einziehen, Schweine und Mastbullen. Das Unkraut auf den Hofflächen lichtete sich zusehends, und was das Beste war: Die Felder wurden wieder gepflügt! Das Schlimmste schien vorbei zu sein.

Doch die traurige Zeit war noch nicht vorbei. Irgendwann im Winter bemerkte der Baum, dass er Pita schon lange nicht mehr gesehen hatte. Ihre kleine, stets adrette Gestalt mit der weißen Schwesternschürze hatte doch fest zum Thelenhof-Bild gehört … aber: Auch sie war schließlich gestorben. Die Mutter lebte nun völlig allein in dem großen Bauernhaus, aber gottlob gab es noch Menschen in der neuen Wohnung hinten unter dem Dach. Doch einige Jahre später war auch die alte Mutter nicht mehr zu sehen. Ihre gebeugte Gestalt und ihr trauriges Gesicht hatten den Baum so sehr gedauert – wo war sie nur geblieben? Gott sei Dank, ab und zu erschien sie mit Annabel und den Kindern, und dann gab es für eine Woche Leben, Kinderstimmen und viel Arbeit im Garten. Die Mutter lebte also bei Annabel. Die schöne Wohnung auf dem Thelenhof war unbewohnt; nur hin und wieder, wenn alle kamen, ließen sie Licht und Luft in die Räume. Dann jedoch wurde es für eine lange Zeit wieder still, und vor allem der Winter war eine endlos trostlose Zeit, das Haus so dunkel und ausgestorben.

Aber zum Glück änderte sich auch das: Man hörte wieder Handwerker bei der Arbeit, am Giebel zur Gartenseite hin wurden große Fenster in die Mauern gebrochen, die Dachgaube wurde noch verlängert, und siehe da, plötzlich sah der Baum jeden Abend Licht aus den neuen Fenstern scheinen. Es war noch eine Wohnung entstanden, es lebten jetzt noch mehr Menschen auf dem Hof: der junge Pächter Günter Derksen und seine Familie. Es war endlich wieder richtig lebhaft geworden. Das Ehepaar aus der Stadt bekam zwei Kinder, Derksens hatten auch zwei, zusammen spielten die Kinder im Garten und auf dem Hof, und Günters Vater kam täglich, um das Vieh zu versorgen. Und täglich kam auch der treue Jochen, der, immer mit einer Zigarre im Mundwinkel, die Schweine mistete und langsam, aber stetig arbeitete. Vater Derksen fegte den Stall, harkte den Hof und schnitt die Hecke, und alsbald fand sich der alternde Kirschbaum in einer gepflegten Umgebung wieder. Auf den Feldern kroch im Mai die gesamte Familie Derksen auf den Knien, um das Unkraut auszureißen. Eigentlich gab es längst Spritzmittel, niemand mehr hackte ein Feld mit der Hand. Doch hier war mit Chemie nichts auszurichten.

„Ist jetzt das Schlimmste vorüber?", fragte sich der Baum.

Es sah so aus!

In diesen Jahren gaben viele Bauern auf. Doch in Uedemerfeld und überall dort, wo die Böden die Mühe lohnten, merkte man noch nicht viel von dieser Entwicklung. Jeder Bauer pachtete oder kaufte noch Flächen hinzu, vergrößerte sich, und deshalb rasten die Traktoren mit schwerem Ackergerät in der Hydraulik am Kirschbaum vorüber, denn die Betriebe waren nicht mehr arrondiert. Auch die Höfe wurden vergrößert, und rundherum entstanden neue große Schweineställe mit ungeheuer vielen Liegeplätzen. Die Massentierhaltung hatte ihren Siegeszug angetreten – vorbei war es mit dem zufriedenen Gegrunze, wenn die Schweine im frischen

Der Kirschbaum (rechts im Bild) in voller Blüte, 1985

Stroh stöberten, denn jetzt lagen sie auf Spaltenböden, darunter der Güllekeller. Dass sie noch auf der Weide grasen durften, war nur noch ein bloßer Traum. Vorbei auch das ohrenbetäubende Gequieke, wenn die Schweine gefüttert wurden. Es gab jetzt Futterautomaten, an denen sie sich ständig bedienen konnten.

Auch Günter baute unter dem Kuhstall des Thelenhofes einen Güllekeller. Und er baute große Siloplattformen für das viele Viehfutter, das jetzt notwendig war bei diesem vielfach vergrößerten Bestand. Alles veränderte sich immer schneller. Die Vogelkirsche nahm es bedrückt zur Kenntnis und fragte sich: „Gehöre ich überhaupt noch in diese Welt?"

Hin und wieder bei einem Gewitter- oder Herbststurm brach nun schon einer ihrer großen Äste ab und landete krachend im Garten. Dann musste der Ast zersägt und fortgeschafft werden. Wenn die Mutter mit Annabel kam, sagte sie manchmal: „Der Baum wird zu gefährlich, willst du ihn nicht fällen lassen?"

Doch Annabel entgegnete stets: „Der Baum bleibt stehen, er blüht doch immer noch so schön! Und er hat so viel erlebt, kann so viele Geschichten erzählen."

Auf den Feldern baute Günter jetzt wieder Gemüse an, wie es schon 20 Jahre zuvor geschehen war. Jedoch wurde nun alles maschinell erledigt: Zur Erbsenernte erschienen Ungetüme von Erbsendreschmaschinen, zum Buschbohnenpflücken ebenso riesige Erntemaschinen; nur der Blumenkohl wurde von Familie Derksen mit der Hand gepflanzt. Dabei saßen sie auf einer Pflanzmaschine, die langsam übers Feld rollte. Dann, als die Ernte bevorstand, war plötzlich wie aus dem Nichts eine Vielzahl von fröhlichen Menschen auf dem Feld, um den Kohl zu schneiden. Der Kirschbaum staunte nicht schlecht.

„Wie früher!", dachte er.

Die Leute sprachen polnisch, lachten viel und waren sehr fleißig. Mit der Zeit wurden sie ein fester Bestandteil des wiedererwachten Lebens auf dem Hof. Günter legte ihnen am Hofteich eine Wohnwagensiedlung an, hier saßen sie sonntags schön gekleidet in der Sonne, tranken Wodka und hörten polnische Volksweisen. Aber sie reparierten auch ihre Autos, die jedes Mal, bevor sie heimfuhren, gegen ein größeres umgetauscht wurden.

So ging es viele Jahre weiter. Es herrschte stets geschäftiges Treiben auf dem Hof, und nie gab es Ruhezeiten, nie standen die Räder still. Der alte Kirschbaum stand und wunderte sich über so vieles, dass er gar nicht merkte, wie er immer älter wurde. Im Geist blieb er jung, denn die schwungvolle Wirtschaft und das Leben auf dem Hof beschäftigten ihn dermaßen, dass er seine eigene Gebrechlichkeit kaum zur Kenntnis nahm. Der nahtlose Wechsel von Feld- und Erntearbeiten, Futtergewinnung und Stallarbeiten, vielfach mit riesigen Maschinen, aber auch mit etlichen Helfern bewältigt, forderte seine ganze Aufmerksamkeit. Annabel kam regelmäßig für einige Tage mit ihren drei Kindern und ihrer alten Mutter, und dann hallte der Garten wider von den hellen Rufen der Kinder und des Abends vom Lachen der fröhlichen Menschenrunde, die beim Bier zusammensaß. Jedes Mal gab es enorm viel im Garten zu tun, doch die alte Mutter konnte nicht mehr helfen, was sie betrübte.

Eines Tages, es war 1989, erschienen Annabel und ihre Schwester schwarz gekleidet, und bald darauf noch sehr viel mehr dunkel gekleidete Menschen. Sie blieben einige Tage auf dem Hof beisammen – denn sie hatten die alte Mutter zu Grabe getragen. Der wilde Kirschbaum wurde traurig, er war nun der letzte überlebende Zeuge der alten Zeit, und er fühlte sich einsam. Seine Äste waren morsch, sie brachen einer nach dem anderen. Nun hatte er die Freude am Leben endgültig verloren.

Im selben Jahr kam im Sommer, als Annabel mal wieder mit ihren Kindern auf dem Thelenhof war, ein Mann zu Besuch, den der alte Kirschbaum irgendwann schon einmal gesehen hatte. Er hatte seinen Sohn bei sich. Sie blieben eine Woche, und langsam dämmerte es dem alten Baum: Es war der muntere Franzose, der vor langer Zeit, auf der schweren Holzleiter stehend, noch Kirschen in seiner Krone gepflückt hatte. Nun war er grauhaarig, aber noch genauso temperamentvoll wie damals. Einige Monate später erschien plötzlich ein Auto, voll beladen und mit einem Pferdeanhänger dahinter. Annabel kam mit zwei Pferden – und blieb! Und ebenso Hubert, der Franzose, mit einem seiner Söhne. Was geschah denn nun? Doch der Kirschbaum war zu alt, um sich das alles wirklich noch zu Herzen zu nehmen. Er stand und schaute, aber so richtig freuen konnte er sich nicht mehr.

Rundherum ging man sogleich ans Werk: Die Weiden wurden komplett neu eingezäunt. Ein Pferdeauslauf, der zugleich ein Reitplatz war, wurde gebaut und der Gemüsegarten – oder das, was von ihm geblieben war – in Schwung gebracht und wieder mit Erdbeeren, Himbeeren und anderem Obst bepflanzt. Im Staudengarten riss Annabel viele immergrüne Bodendecker heraus und ersetzte sie durch Blumenzwiebeln und Stauden. Und schon wenige Monate später erblühte der Garten wie schon lange nicht mehr, auf den Weiden grasten Pferde, das Haus war mit Leben erfüllt und des Abends heimelig erleuchtet. Der alte Baum verspürte nun doch noch so etwas wie Zufriedenheit: „Hört das denn nie auf, dieser Wechsel zwischen Trauer und Glück, Schmerz und Freude?"

Im Frühjahr darauf erschienen viele elegant gekleidete Menschen im Thelenhof-Garten. Einige Tage zuvor hatte es einen späten schlimmen Nachtfrost gegeben, der alle Blüten und alles junge Grün im Garten vernichtet hatte, auch die Blüte der wilden alten Kirsche, deren schüttere Krone noch ein letztes Mal alle verbliebenen Kräfte gesammelt hatte. Im Garten herrschte nur eine Farbe: Braun. Dennoch waren die Menschen fröhlich und hielten ein Sektglas in der Hand – Annabel und Hubert hatten geheiratet. Also wieder einmal ein Neuanfang auf dem Thelenhof?

„Mir ist's genug", dachte der Baum. „Ich mag nicht mehr, ich kann mich ja beruhigt verabschieden, hier wird alles gut weitergehen."

Und doch trieb er noch einige wenige Blätter aus, was ihm nach dem Frost seine letzte Kraft kostete.

Aber er kam noch nicht zur Ruhe. Was geschah denn da auf dem Hinterhof? Der alte Schweinestall wurde abgerissen. Und dann errichtete ein Maurer mit Huberts Hilfe ein neues Gebäude, dem alten ähnlich und doch wieder nicht, denn es hatte schöne weiße Gartentüren und Sprossenfenster. Eine neue Wohnung war entstanden. In sie zogen Huberts Sohn und Annabels älteste Tochter ein, die ihre ersten Lebensmonate im Thelenhof-Garten verbracht hatte. Mein Gott, die beiden sorgten für Leben auf dem Hof! Freunde und Freundinnen kamen und gingen, Lachen und laute Musik waren zu hören, so wie es der Baum zuletzt 50 Jahre zuvor mit den Eleven erlebt hatte. Dieser immerwährende Wechsel zwischen Stille und Verlassenheit und dann wieder berstendem Leben – atemberaubend!

Einige Jahre später sah die alte Kirsche mit Schrecken aus den Gaubenfenstern der großen Wohnung unterm Dach dicke Qualmwolken hervorquellen. Kurz darauf heulten unheilvoll die Feuersirenen rundherum. Und dann sah der Baum, wie erst Annabel, dann eine ganze Menge Helfer die schönen Möbel in den Garten schleppten, aber auch Bilder, Betten, Kleider – einfach alles. Das Feuer schlug schon aus dem Dach, es prasselte ohrenbetäubend laut!

„Hilfe, Hilfe, das ganze Haus brennt lichterloh! Und ich kann nichts tun!", ächzte der Baum.

Endlich kam die Feuerwehr, und alsbald spritzte sie aus mehreren Schläuchen Wasser in die lodernden Flammen. Annabel und die Männer rannten immer noch keuchend mit Sachen aus dem Haus in den Garten. Als das Feuer gelöscht war, standen alle niedergeschmettert im Garten herum und tranken erst einmal einen Schnaps. Drei Viertel des Hauses waren vernichtet! Nur noch ein qualmender, verkohlter Dachstuhl war übriggeblieben.

„Was uns im Krieg erspart blieb, erleben wir jetzt", hörte der Baum Annabel sagen.

Das alte Vorderhaus allerdings, in dem Annabel und Hubert wohnten, war unversehrt geblieben, der Brandgiebel hatte es geschützt. Alle Möbel und sonstigen Dinge konnten wieder eingeräumt werden.

In den folgenden Wochen wollte es nicht aufhören zu regnen.

„Wo läuft bloß das ganze Wasser hin ohne Dach?", fragte sich der Baum.

Er konnte nicht sehen, wie Annabel und Hubert fegten und pumpten, täglich viele Stunden. Nach endlos langer Zeit, zweieinhalb Monaten, rückten die Handwerker an. Der verkohlte Dachstuhl wurde vorsichtig abgebrochen und alles gesäubert. Und dann erschien ein riesiger Kran und hob die vorgezimmerte Dachkonstruktion vorsichtig über den einsam in die Höhe ragenden Giebel. Flugs wurden alle Balken miteinander verbunden und verschraubt, und der alte Baum konnte sich der Faszination nicht entziehen, wie die Zimmerleute lachend und rufend hoch oben im Dachstuhl umherliefen, als sei es der Erdboden. Ihr fröhliches Hämmern war ein wundervolles Geräusch.

Alsbald war Folie über das Dach gespannt, und dann erschienen die Nachbarn mit einer Richtkrone. Prompt fing es wieder an zu regnen, doch er prasselte auf die Folie, unter der der Baum frohe Stimmen und Lachen und Prostrufe hören konnte. Den ganzen Sommer über wurde gebaut, um so schnell wie möglich die Wohnungen wieder fertigzubekommen. Doch Günter zog nicht mehr ein, er wohnte jetzt auf seinem eigenen Hof. Und auf den Thelenhof zogen jetzt Menschen, die mit Landwirtschaft nichts zu tun hatten. Dass es in Zukunft immer so bleiben sollte, ahnte der Baum nicht. Er war so todmüde. Dass es auf dem Hof nun auch noch gebrannt hatte, war zu viel für ihn gewesen. Als im darauffolgenden Jahr nochmals Wohnungen gebaut wurden, diesmal im Kuhstall, interessierte ihn das nicht mehr. Er wollte nur noch seine Ruhe haben.

Eines Tages erschien Annabel zusammen mit einem Mann mit Motorsäge vor dem wilden alten Kirschbaum.

„Schau her, Hans-Peter", hörte er sie sagen, „nun ist es wirklich vorbei mit ihm. Jedes Jahr verliert er große Äste, schau dir die wenigen Blätter an, die er nur noch hat. Du musst ihn fällen."

„Aber sieh doch nur diesen phantastischen Stamm, Annabel! Wie ein Stern geformt. Solch einen Stamm gibt es nur sehr selten, er ist ein Naturdenkmal. Den darfst du nicht einfach so fällen!"

Dem Baum liefen kalt-heiße Schauer durch den Stamm, als er das hörte.

„Nun gut, du hast mich überredet. Wir wollen den Stamm stehen lassen, aber die Krone, die muss komplett herunter, die ist zu gefährlich. Und weißt du was? Lass von den Ästen noch einen halben Meter dran, dann spannen wir Drähte kreuz und quer und ziehen Waldreben daran hoch."

Gesagt, getan. Die alte Vogelkirsche hatte einen gnädigen Tod, in dem Bewusstsein, dass sie sich verwandeln würde. Annabel pflanzte sogleich drei Waldreben der Sorte „Montana", die sich alsbald an den gespannten Drähten emporwanden und bereits im ersten Jahr den Kronenansatz erreichten. Im folgenden Jahr schon hatten sie dort oben einen „Pilzkopf" gebildet, der im Mai ein erstes Mal üppig blühte. Und von Jahr zu Jahr wuchs dem alten Kirschbaum seine neue üppige Krone, die verschwenderisch blühte und zum Giebel des Bauernhauses hinübergrüßte, der von einer ebensolch reich blühenden „Montana" eingerahmt wurde. Welch schönes Bild! Die Metamorphose der alten Vogelkirsche versinnbildlichte aufs Wunderbarste die Verwandlung des Thelenhofes. Aus ihm war

Die Rebe „Montana" umgarnt Baum und Hausgiebel, 2007

ein Wohnhof geworden, mit fröhlichen, geselligen Menschen, die ihn bevölkerten.

Dazu kamen Übernachtungsgäste, die bei schönem Wetter morgens zum Frühstück im blühenden Garten saßen und den hundertfach erklingenden Vogelstimmen lauschten. Oft auch erschien eine große Gruppe Radler, die auf dem Grillplatz feierte und die Nacht auf einem Heulager verbrachte. Der Hof barst vor Leben, zu dem selbstverständlich nach wie vor die polnischen Arbeiter gehörten, die immer zur Stelle waren, wenn sie gebraucht wurden.

Die Landwirtschaft war lebhaft wie eh und je. Günter wohnte zwar nicht mehr hier, aber Arbeit gab es nach wie vor genug. Auf dem Hinterhof hatte er eine große Kartoffelhalle gebaut (die wenige Jahre später natürlich schon viel zu klein war), und während der Ernte rollten Tag und Nacht die Bänder, an denen die Kartoffeln von Polen sortiert wurden, bis die Halle voll war. Dann rollten sie abermals, wenn sie verkauft wurden. Zur Zuckerrübenernte erschien ein riesiger Vollernter, der in irrer Geschwindigkeit über den Acker raste und dabei eine breite Spur Rüben in seinen Tank beförderte. Später erschien eine noch viel größere Maschine, die die Rübenmiete aufnahm, die Rüben sauber schüttelte und anschließend gleich auf Lkws verlud. Alles, wirklich alles war einem stetigen Wandel unterworfen, der sich immer schneller vollzog. Ja, das einzig Beständige war der Wandel! Auch die alte Kirsche war verändert, sie war in neuer Gestalt in eine neue Welt eingetreten – und sie nahm Anteil an ihr. So ging es immerfort.

Schon tauchten auf dem Thelenhof die ersten Enkelkinder auf, jeweils in den Ferien. Alle Kinder hatten geheiratet, die Enkel wuchsen heran. Annabel jedoch und ihr Mann wurden älter, und die Arbeit wurde ihnen schwerer. Das Unkraut im Gemüsegarten nahm überhand. Zwar schnitt Annabel immer noch schubkarrenweise Schnittblumen, um die Tenne für Gäste zu schmücken, doch sie litt darunter, dass der Garten immer mehr verwahrloste. Hubert hatte einen furchtbaren Unfall überstanden, und so war auch er nicht mehr solch ein unermüdlicher Arbeiter wie früher. Es wurde wieder Zeit für einen Wechsel.

Da, eines Tages, zogen wieder einmal junge Leute auf den Hof, doch diesmal war es Annabels zweite Tochter Elisabeth mit ihrem Mann und ihrem kleinen Sohn. Bald darauf wurde eine Tochter geboren, dann noch ein Sohn. Und wieder war der Garten voller Kinderstimmen, und ein Babykörbchen stand unter der schattigen Eiche, die inzwischen herangewachsen war. Die schöne „Montana" am alten Kirschbaum blühte, was sie konnte, um die jungen Menschen zu begrüßen und zu erfreuen. Und dann rückten abermals die Handwerker an, und wieder wurde das Dach abgedeckt, die Gaube verlängert und eine ebensolche zum Hinterhof gebaut. Dann war Sägen und Hämmern zu hören und Rufen aus der Wohnung oben im Giebel; hier wurde anscheinend alles erneuert. Die alte Wohnung, 30 Jahre zuvor gebaut, war durch den Brand nicht zerstört worden und daher jetzt modernisierungsbedürftig. Eines Tages erschien wiederum ein riesenhafter Kran und transportierte einen vorgefertigten Balkon an den ihm zugedachten Platz über der Haustür unter der schattenspendenden Eiche. Es erschienen auch starke, fröhliche Männer, die viele schöne, aber schwere Möbel von

Der prächtige Garten mit dem blütengeschmückten Baumstumpf im Hintergrund 2005

außen über den Balkon nach oben wuchteten, die alte Stalltreppe war nämlich viel zu eng. Und dann war der Umzug vollbracht, Hubert und Annabel wohnten „auf dem Altenteil".

Jetzt ging es unten los: In allen Zimmern hörte man Klopfen, Hämmern und laute Stimmen, später auch Sägen. Eine Grunderneuerung! Die „Montana" an dem alten Kirschbaumstamm staunte nur noch: Schöne große Fenstertüren kamen jetzt in den Giebel, überall wurde gewerkelt. Und dann erschienen ein Bagger und eine Planierraupe, und sie verwandelten den Hinterhof, der, so wie er bis jetzt gewesen war, nicht mehr gebraucht wurde, in eine große Rasenfläche, zu der auch der ehemalige Gemüsegarten gehörte. Ein kleiner Bagger grub viele alte Rhododendren aus, die inzwischen viel zu eng gestanden hatten, und pflanzte sie rund um den neuen Rasen als Kulisse wieder ein. Auch Ziersträucher aller Art wurden gesetzt. Welche Verwandlung abermals! Wie schön der große Rasen war, der Blick bis hinunter in die Weide, wo die Pferde friedlich grasten!

Alle, die auf den Hof kamen und ihn zum Teil seit 65 Jahren kannten, rieben sich verwundert die Augen. Das Vorderhaus des alten Bauernhauses, in dem sich die ehemals einzige Wohnung befunden hatte, lag nun frei und schön in einer großzügigen Gartenanlage. Die alten Magnolien, die Hisakura, der alte Weißdorn und die jungen Obstbäume, die Annabel gepflanzt hatte, blühten um die Wette mit der Clematis am alten Kirschbaumstamm. Im Herbst pflanzten Elisabeth und ihr Mann Bäume, viele verschiedene Arten als Allee an der Auffahrt zum Hof. Welch ein Symbol des Neubeginns! Ob zumindest einer von ihnen Zeuge der nächsten 100 Jahre wird? Wie oft, wie schnell wird sich wohl noch alles wandeln?

Schon werden auch im immer noch friedvollen Uedemerfelder Tal die Bauern weniger. Etliche haben aufgehört, andere zugepachtet, sich vergrößert. Längst haben diejenigen, die in nächster Generation den Hof weiterführen wollen, hochmoderne Boxenlaufställe und Melkanlagen gebaut, noch größere Schweine- oder riesige Putenställe. Sie haben sich alle irgendwie spezialisiert: Hofladen, Biowirtschaft, Bauernhofcafé, Heuhotel, Ferienwohnungen. Solarmodule haben fast alle, Biogasanlagen einige, Windräder manche.

Die Traktoren und die Maschinen werden immer noch größer, gigantische Güllefässer mit breiten Reifen von einem Meter Durchmesser sieht man ebenso wie gigantische selbstfahrende Häcksler, Rübenroder oder auch Knollenerntemaschinen. Wo führt das alles hin? Die Clematis im Thelenhof-Garten wird es miterleben.

Aber es gibt auch nostalgische Momente. Schon fahren wieder alte Ackerwagen auf der Straße an der Hecke vorbei, Kaltblüter sind davorgespannt wie anno dazumal. Die Bauern haben sich nur zu ihrer Freude diese treuen Kameraden wieder angeschafft und verbringen einen großen Teil ihrer Freizeit mit ihnen. Auch auf dem Thelenhof grasen jetzt Kaltblüter, französische allerdings, sehr große, sehr schwere wunderschöne Schimmel. Sie werden vor den Landauer gespannt, und dann fahren Annabel und Hubert mit den Enkelkindern spazieren.

Hin und wieder findet ein großes Volksfest in Uedemerfeld statt. Dann nämlich, wenn auf einem Stoppelfeld die Kaltblüter all die alten Ackergeräte vorführen, mit denen sie vormals gearbeitet haben. Sie pflügen, grubbern, eggen, säen, roden Kartoffeln aus, sie mähen und harken, und selbstverständlich ziehen sie die alten, archaischen Ackerkarren. Tausende Menschen schauen dann zu und sind begeistert, die Kinder sammeln Kartoffeln auf und braten sie im Feuer, sie hopsen auf der Strohmiete herum oder wühlen einfach nur in den Ackerfurchen in der Erde. Wie sie es seit urlanger Zeit getan hatten, bevor Fernseher, Computer und Videospiele sie an die Kinderzimmer fesselten.

Es gilt Abschied zu nehmen und sich dem Neuen zu öffnen, aber auch, Altes zu bewahren und in Ehren zu halten. Der alte dicke Stamm des wilden Kirschbaumes im Thelenhof-Garten ist für all das ein Symbol. Er hat Platz gemacht und gibt dennoch dem neuen Leben Hilfestellung und Orientierung. Ob in 100 Jahren wohl wieder ein so ereignisreiches Leben aufgeschrieben wird? Wer weiß!

Die alte Scheune

Liebe Freunde der „Kulturscheune" Uedem, meine sehr verehrten Gäste!

Den heutigen Abend, an dem die erste Veranstaltung in unserer neu restaurierten Scheune stattfindet, möchte ich zum Anlass nehmen, einen Rückblick zu wagen.

Denn unsere Scheune hat nun, wie so viele ehemals landwirtschaftlich genutzte Gebäude, eine neue Bestimmung bekommen: Es ist jetzt eine „Kulturscheune" aus ihr geworden.

So, wie sie jetzt in neuem Glanz erstrahlt, war unsere alte Scheune in früheren Jahren weiß Gott nicht. Sie wurde landwirtschaftlich genutzt. Was hat sie nicht alles in ihren Mauern gesehen! Man kann getrost behaupten, dass so eine alte Scheune die ganze Geschichte des Hofes erzählt, zu dem sie gehört. So möchte ich einmal versuchen, ihre verschiedenen Lebensabschnitte zu beschreiben.

Aus einer Chronik geht hervor, dass sie Ende des 18. Jahrhunderts errichtet wurde. Der ganze Thelenhof ist damals wie aus einem Guss entstanden: tiefe Satteldächer über langgestreckten Backsteingebäuden, dazu spitze Giebel, die in dieser Gegend sonst nicht üblich sind. Genaueres über die Nutzung der Scheune aus der Zeit, bevor unsere Familie 1946 den Hof übernahm, ist mir nicht bekannt. Gewiss, im Frühjahr des Jahres 1945 gab es Einquartierungen vieler Uedemer Bürger, die ausgebombt waren. Es ist aber anzunehmen, dass die Bestimmung des Gebäudes, Getreidescheune zu sein, rund 160 Jahre lang dieselbe geblieben ist – bis in die

1960er Jahre hinein. Glücklicherweise habe ich es noch erlebt, eine ganze Kindheit lang, die an Freiheit und Wildheit nicht zu überbieten war.

Wenn ich zurückdenke, so sehe ich als Erstes die Schafbucht vor mir, in der unsere kleine Herde überwinterte und ihre Lämmer zur Welt brachte. Wir Kinder hatten bei den Geburten Wache zu halten, Hilfe zu rufen, wenn etwas nicht ging, und den Lämmern die Zitzen der Mütter zu zeigen. Wenn die kleinen niedlichen Tierkinder dann an der Quelle des Lebens schlürften und schmatzten, wackelten ihre kurzen Schwänzchen vor Freude. In der Scheune wuchsen sie warm und geschützt heran, denn diese war bis unter das Dach vollgepackt mit Getreide.

Die Garben waren im Sommer während der Ernte mit Pferdewagen eingefahren und in verschiedenen Banden hoch gepackt worden: je eine für Hafer, Roggen, Weizen und Gerste. Die Erntewagen packte man exakt so, dass sie gerade noch durch das Scheunentor und unter den Querbalken hindurchpassten. Da auf der Scheunentenne der große hölzerne Dreschkasten stand, mussten die zweiachsigen Erntewagen von zwei Pferden rückwärts in die Scheune gesetzt werden. Sogar wir Kinder beherrschten diese Kunst, da die Pferde ganz genau wussten, was sie zu tun hatten.

Während des Winters herrschte reges Leben in der Scheune: Eine vielköpfige Katzenfamilie wohnte in diesem unerschöpflichen Jagdrevier, denn unzählige Mäusescharen und Spatzenschwärme bevölkerten die Getreidebanden und führten ein Leben wie im Schlaraffenland. Eulen waren deshalb auf allen Höfen willkommen. Für sie wurden oben in den Giebeln extra runde Fenster eingelassen.

Auch wir Kinder hatten unsere Freude: Wir kletterten im Scheunengebälk herum und machten doppelte Saltos in das weiche Stroh, das weit unterhalb in ein Fach gepackt war, Stroh, das von der alten Presse hinter der Dreschmaschine nur lose gebunden worden war. So landeten wir stets sanft, wie auf einem Schaumgummikissen, und tobten uns, wenn wir bei schlechtem Wetter nicht

Die winterliche Hofanlage, 2010

draußen spielen konnten, tagtäglich in der Scheune aus.

In meinen Erinnerungen steigen auch Bilder vom Dreschen auf. Die Dreschtage galten als Hauptarbeitstage, von denen es im Winter nicht so viele gab wie während der übrigen Jahreszeiten. Frauen aus Uedem kamen zu uns als Tagelöhnerinnen zur Unterstützung der Männer, die zum Hof gehörten, und auch wir Kinder halfen. Der riesige Elektromotor dröhnte, eine große Staubwolke drang aus dem Scheunentor, und der Dreschkasten heulte bei jeder Garbe auf, die oben von einer Frau in die Dreschtrommel geworfen wurde, nachdem sie das Band mit einem Messer gelöst hatte. Ein Mann schwitzte hinter der Maschine beim Abfüllen und Wiegen der Getreidesäcke. Alle übrigen halfen beim Weiterreichen der Garben aus der Bande, und die Katzen und unser Wolfspitz fraßen sich dick und rund an winzigen rosa Mäusebabys, die zu Tausenden zwischen den Garben auftauchten. Später hatten auch die Hühner ihr Fest, wenn der erste Sack Kaff für sie auf dem Hofplatz ausgekippt wurde. So wurde im Winter nach und nach das gesamte

Die alte Scheune, rechts

Getreide gedroschen, auf dem Getreidespeicher zwischengelagert und zur Mühle gefahren, um zu Viehfutter gemahlen zu werden. Wir droschen auch Erbsen und weiße Bohnen, die zur Versorgung des riesigen Haushaltes auf dem Feld angebaut wurden und auch in der Scheune gelagert worden waren.

Doch eines Tages verschwand der Dreschkasten; seine Arbeit erledigte jetzt ein Mähdrescher direkt auf dem Feld. Das Getreide wurde stehenden Halmes gedroschen. Natürlich war es in den allermeisten Jahren nicht trocken genug – ihm fehlten einfach die Tage oder Wochen, die es vormals noch in der Hocke trocknen konnte. Und so kam es, dass der größte Teil des Scheunenbodens als Schüttfläche betoniert und das Getreide dort abgekippt wurde. Ein Satztrockner wurde errichtet, das Getreide durch eine Schnecke hineinbefördert, getrocknet und dann – quer durch alle Gebäude – auf den Getreidespeicher geblasen. Eine Erleichterung? Ich weiß es nicht. Nur das weiß ich noch ganz genau: Die Arbeit vieler fröhlicher Menschen wurde jetzt nur noch von zweien bewältigt, ganz ohne Lachen, heitere Gespräche und Lieder. Das Mähdreschen, Getreideeinfahren, später auch das Stroheinfahren und das Hochpacken in der Scheune und auf dem Kuhstallboden – diese Tausende von kleinen Ballen, die, auf dem Feld dicht zusammengepresst, schwer waren und alle aufgestakt werden mussten, das alles war für zwei Personen eine harte Arbeit, und vorbei waren die Zeiten der fröhlichen Saltos hoch oben in der Scheune.

In diesen Jahren überwinterten unsere Jungbullen in zwei bis drei Scheunenfächern. Es war ja kein Platz mehr nötig für Getreidegarben. So waren drei große Buchten entstanden für die jungen Mastbullen, und dies war für uns Kinder eine neue Herausforderung. Ich sehe uns noch, wie wir auf die seitlichen Stangeneinzäunungen kletterten und warteten, bis ein Bulle vorbeikam. Dann ließen wir uns auf seinen Rücken fallen. Das darauffolgende Gebuckele und Geblöke fanden wir lustig – yeah, Rodeo! – und im hohen Bogen flogen wir in den Mist. Derjenige von uns, der sich am längsten auf einem der Tiere halten konnte, hatte gewonnen.

Aber schon wartete neue Arbeit. Auf den Feldern wurde jetzt Kohl angebaut, der in der Scheune gelagert und mit Stroh warm zugedeckt wurde. Wintertags standen wir dann unter einem Rotlicht, aber trotzdem frierend in der Scheune und putzten jeden einzelnen Kohlkopf, der oftmals schon fürchterlich stank wegen der faulen Blätter außen herum. Sodann wurde der „Kappes" in große Holzkisten gepackt und verkauft. Ebenso standen wir frierend und pflückten Röschen von Rosenkohlstrünken. Auch diese Arbeiten ließen wegen der Kälte keine rechte Fröhlichkeit aufkommen.

So ging die Zeit dahin. Mittlerweile war aus der Scheune ein reines Strohlager geworden. Klar standen auch der Trecker und einige Maschinen auf dem Gang, aber keine Tiere überwinterten mehr hier. Einige Jahre lang stand die Scheune sogar ganz leer. Sie wurde für nichts mehr genutzt, und prompt verfiel das Gemäuer, wuchs Unkraut in den Fugen. Es war ein trostloser Zustand.

Dann, eines Tages, änderte sich gottlob auch dies. Große Buchten wurden gebaut mit automatischen Fütterungsanlagen und

Szene vom „Kaltbluttag" in Uedemerfeld

Tränken: Nun sollten Schweine in der alten Scheune gemästet werden. Zum Scheunentor im hinteren Giebel gesellten sich zwei weitere große Tore zum Entmisten mit dem Traktor. Auf diese Weise gelangte viel mehr Licht und Luft in die Ställe. Viele Jahre ging das so, dann stand die Scheune wieder leer. Diese Art der Schweinehaltung war nicht mehr zeitgemäß. So dämmerte die Scheune im Halbschlaf dahin, nur einmal aufgescheucht durch Handwerker: Sie bekam ein neues Dach. Die alten Hohlziegel waren kaputt gewesen. Während der Arbeiten flüchteten die Eulchen auf die umliegenden Bäume, um hernach wieder Einzug zu halten in ihr Scheunengebälk, als sei nichts gewesen.

Über 20 Jahre lang war unsere Scheune zu nichts Rechtem mehr nütze, sie diente nur noch als Unterstand für alles Mögliche: Maschinen, Trecker, Autos, Stroh für die Pferde, den Anhänger und auch für eine Kutsche. Doch im Jahr 2010 war es mit diesem Zustand vorbei.

„Leerräumen", hieß es, „alles muss raus!"

Die Maschinen kamen in einen neu errichteten Schuppen, vieles wurde verschrottet. Und ehe wir's uns versahen, war ein großer

Raum entstanden, bis unter das Dach offen, mit altem Holzständerwerk, licht und schön!

Und dann gingen die Renovierungsarbeiten los. Das Ergebnis kann nun bewundert werden: Welch ein schöner Raum ist hier entstanden, von Licht durchflutet, mit einer Empore, einem großen Kamin, hohen alten Fenstern und einem neuen Scheunentor, das auch viel Sonne hereinlässt. Das Mauerwerk ist rundherum ausgebessert und verfugt worden, ein Holzfußboden wird noch eingesetzt werden. Wie schön sieht jetzt alles aus! Unsere Freude ist groß, und auch unsere Erwartungen an die Zukunft sind es.

Aber es regt sich doch auch ein kleines bisschen Wehmut in uns Älteren: Mit dieser schönen großen Scheune hat nun auch das letzte der Thelenhofgebäude keine landwirtschaftliche Bestimmung mehr. Die Metamorphose ist abgeschlossen, die 35 Jahre zuvor mit dem Bau der ersten Mietwohnungen begonnen hatte, auf dem vormaligen Kornspeicher zuerst und dann auf dem Dachboden des Wohnhauses. Es folgten der Neubau des alten Schweinestalls und später der Umbau des alten Kuhstalls in Wohnungen. Nun ist auch der Hinterhof verschwunden, ebenso der Mistplatz. Stattdessen entsteht dort eine große Gartenanlage, sodass unser Hof nun rundum eingebettet ist in Grün, blühende Büsche, Staudenbeete, Rasen und Bäume.

Für dieses Mal ist die Umwandlung abgeschlossen. Es gibt kein Zurück, nur ein Vorwärts, und wir wissen nicht, was die Zeit uns bringen wird. Gut möglich, dass in naher oder ferner Zukunft wieder eine Nutzungsänderung ansteht, anstehen muss. Wer weiß das schon?

Wir alle wünschen der jungen Generation eine glückliche Hand bei der Aufgabe, die Geschicke unseres geliebten Thelenhofs weiterzulenken, und wir wünschen ihnen viel Freude an den Aufgaben, die die alte neugestaltete Scheune ihnen nun stellt!